【书】

SANYA YIYUN

◎ 韦诗赋 著

图书在版编目（CIP）数据

三亚逸韵 / 韦诗赋著. -- 北京 : 中国书籍出版社,
2023.9

（黄河诗阵丛书）

ISBN 978-7-5068-9594-1

Ⅰ. ①三… Ⅱ. ①韦… Ⅲ. ①诗集－中国－当代
Ⅳ. ①I227

中国国家版本馆 CIP 数据核字（2023）第 179952 号

三亚逸韵

韦诗赋 著

责任编辑 王志刚
责任印制 孙马飞 马 芝
封面设计 李中安
出版发行 中国书籍出版社
地　　址 北京市丰台区三路居路 97 号(邮编：100073)
电　　话 (010)52257143(总编室) (010)52257140(发行部)
电子邮箱 eo@chinabp.com.cn
经　　销 全国新华书店
印　　刷 兰州银声印务有限公司
开　　本 787 毫米 × 1092 毫米 1/16
字　　数 2223 千字
印　　张 193.5
版　　次 2023 年 9 月第 1 版 2023 年 9 月第 1 次印刷
书　　号 ISBN 978-7-5068-9594-1
定　　价 480.00 元(全10册)

总序

张平生

万古黄河，导夫昆仑之麓，通乎星宿之源；迢迢九派，落落千秋，珠怀龙啸，风流环宇。晴光淑气，倩诗家椽笔，情抒黄河，绮霞浮彩。伴着滔滔河声，闻着浓郁果香，《黄河诗阵丛书》即将付梓。

结社黄河，诗朋荟萃，以诗成阵。为贯彻落实习近平总书记关于黄河流域生态保护和高质量发展重要论述精神，深入挖掘黄河文化蕴含的时代价值，讲黄河故事，延续历史文脉，坚定文化自信，为实现中华民族伟大复兴的中国梦凝聚精神力量，用中华诗词之妙笔，奏响“黄河大合唱”的时代强音。

黄河，是中华民族的母亲河。九曲黄河，奔腾向前，以百折不挠的磅礴气势，塑造了中华民族自强不息的民族品格，是中华民族坚定文化自信的重要根基，是中华文化的重要元素。上善若水，文明与河流是密切相关的。世界上最大的文明产生地都与河流密切相关。黄河在我国流经九省区，全长5464 公里，流域面积约 752443 平方公里。早在上古时期，炎黄二帝的传说就产生于黄河流域。在我国五千多年文明史上，黄河流域有三千多年是全国政治、经济、文化中心，它孕育了河湟文化、河洛文化、关中文化、三晋文化、齐鲁文化等，诞生了“四大发明”和《诗经》《老子》《史记》等经典著作，留下了无与伦比的文化积淀。

中华民族自古以来是诗的国度、诗的沃土，从“蒹葭苍苍，白露为霜”，到“大漠孤烟，长河落日”；从“雄关漫道”，到“六盘山上高峰”，长城迤逦，雄关巍峨，“西北有高楼”，阳关多故人。千百年间，对黄河之赞美，咏潮迭起，佳作浩繁，蔚为大观。黄河落天走东海，万里写入胸怀间。在黄河涛声孕育之中，千百年来留下无数荡气回肠的诗篇。神州诗人兴起，四海词骚蔚然。《黄河诗阵丛书》挟时代浪潮，深情讴歌黄河文化蕴含的时代价值，为黄河流域生态文明建设和高质量发展助力。吟肩结阵，鸾凤和鸣；结社耕耘，风雅颂扬；登坛贡赋，珍珠万斛。沉潜韵海，多发清越之声；寄意风韵，更赋壮遒之词。

编辑出版《黄河诗阵丛书》，以古典诗、词、曲、赋、联的形式，大视域、全流域反映黄河自然、人文特色，谱写出新时代人民治黄事业的全新篇章，影响必将遍及黄河流域，并辐射至神州大地甚至海外。万首高吟兮堪入画图，百年佳景恰逢金秋。这不仅是黄河文化建设者的骄傲，更是黄河文化在当代继承发扬光大的重要标志。

弘扬黄河精神，传承黄河文化，讲述黄河故事，反映黄河新声。以诗词讴歌中华民族治黄事业的历史新境界，谱写黄河在中华民族发展新时代的辉煌乐章，是保护、传承、弘扬黄河文化的重要举措。回望万古黄河，壮美磅礴是民族品格；平视当今世界，百折不挠是华夏写照。华夏子孙对黄河的感情，正如胎记一般地不可磨灭。

诗自芳春连暮雪，友从青藏到东营。乾坤四季，万里疆域，无不充盈诗情画意，友情祝愿。“逝者如斯夫，不舍昼夜。”万古黄河静静流淌，以《诗经》无邪之音，高唱中华文化之博大精深，阳刚正气。诗人词家之脉搏，同母亲河之脉搏一起跳动，那是绵延不断的民族颂歌。中华民族秉黄河精神，奋斗不息，意气风发。诗家当有大情怀，珍惜人生，牢记初心。抑工部之高节，抒青莲之胸臆，咏盛世之辉煌，颂人间之美好。五千里外沧桑，九转峰头岁月。歌随波涛涌，诗流日月边。吟啸一曲，黄河梦远。此时无限意，再逐雨花天。

“龙文百斛鼎，笔力可独扛”，千古江山还要文心滋养。“没有优秀历史传统，没有民族人文精神，一个国家、一个民族，不打就垮。”这就是文化的力量。无论阳春白雪，抑或下里巴人，诗人们挺直脊梁，尽管身如草芥，仍然傲立于天地间，“苔花如米小,也学牡丹开”。仰观俯察，吐曜含章，把一腔情怀付诸笔端，发言为文为诗，不仅为人民群众留下了温润心灵、启迪心智、喜闻乐见的优秀作品，还彰显了中华传统文化的魅力，极大丰富、不断拓展着传统文化艺术的内涵。更让自然风光与诗文合璧，光华霁月与诗心交融，是诗人之幸，山川之幸，更是中华文化之幸。

“雄关漫道真如铁，而今迈步从头越。”今天，中华民族正在迎来从站起来、富起来到强起来的伟大飞跃。在这样一个全新的时代，诗歌担负的历史使命不言而喻，为诗歌开辟的创作空间更加广阔。“文章合为时而著，歌诗合为事而作”。鲁迅曾说：“无尽的远方，无数的人们，都与我有关。”幸逢中华民族伟大复兴的新时代，正期待着诗人们襟怀云水，兰台展卷，搜句裁章。弘扬主旋律，凝聚正能量，歌颂祖国，礼赞英雄，放歌新时代，咏颂真善美。

是为序。

序一

真情充沛，色彩斑斓

——《三亚逸韵》序

潘　泓

诗是在心田里自由生长的生命。我们心里有了想说的话，而这些话是发自真心的情感，温柔敦厚引导自己和别人向善，并把它表达得很优美，“真、善、美”三者皆具，这就是诗。诗，因为其真善美，被誉为中华文化“皇冠上的明珠”。这颗明珠的光芒，不因时光流逝而减退，由古至今，从《南风歌》《卿云歌》以来，每有增量，愈加璀璨；不因地域不同而减退，海外海内凡有华人华文踪迹之处，必有诗。从堂皇之处至山林渊薮，莫不有诗；不因个人境遇而减退，从领袖到百姓、从耆宿到童蒙，皆可爱诗，皆可为诗。

这三个“不因”在三亚诗人韦诗赋的身上最可体现。

韦先生的名字就让人感觉到“诗”。他是中华诗词学会会员，中国楹联学会会员，中国诗歌学会会员，中国民间文艺家协会会员，中国管理科学院学术委员会特约研究员，中国书法家协会会员，海南省诗词协会、书法家协会会员，三亚市民间文艺家协会副主席，天之涯美术馆客座教授等。从20世纪70年代末，已在《中华诗词》《中国诗歌网》《文化报》《文学月刊》《海南日报》等全国各地报纸杂志发表散文、古体诗、现代诗、小小说、书法等400多篇并有多篇（首）编入十几种文集。有文学集《椰风散记》《韦诗赋书法摄影作品选》面世。

韦先生是海南省乐东人。海南，古来是遐远之地，常常让人联想到古代文人流放贬谪，联想到著名的“天涯海角”与它的由来。但，即使是天涯海角，中华文化的光芒一样明亮着这里。儋州、崖州、琼州，这是一串与历史、文化紧密联系的名字，乐东即隶属过琼、崖。韦先生从小受祖、父辈的熏陶，爱好书法、文学、摄影等。所以说，文化之力，遍及四陲。海南，三亚，那里的文化遗存丰富，一代一代，至于今日，还在“化”人。韦先生有很多头衔，养命的可能是写书法，养心的应该是写诗词。

我是近几年才读到韦先生的诗词，他自谦，说写诗起步晚。其实，诗家本无种，诗是无关写得早与迟的，诗是不关地域、年龄、职业的。写诗更无关数量的多寡。但能兢兢业业，矻矻孜孜，投注了求真向善至美的情感，写出了自家面貌，符合诗的技术、艺术特点，言之有物而可读，就是诗。能这样写下去，总能写出感动人的好诗来。

写诗反对“通用体”，反对没有个性。韦先生的《三亚逸韵》是一本风情、性情、人情扑面而来的有个性书。

一是风情，诗有地域特色，《三亚逸韵》中的风情，与其他地方情调迥异，温暖热烈，柔和明亮，色彩斑斓，花美果香。《三亚逸韵》中的物象，大量的是热带的。《过五指山》写道：“胶林涌浪茫茫叠，椰果如珠馥馥香。”《高峰红星村苗寨采风随感》：“高岭围屏溪水绕，竹篱花绽白云巡。小楼幢幢山中立，精准扶贫惠爱真。”“深谷清幽百鸟鸣，招龙舞曲唤春行。吹笙会鼓白云遏，一入山村心眼明。”《赞椰树》：“海角椰林气势雄，风雷挺立伴青空。”《二月二漫兴》：“龙抬头日万山行，曙景相闻白鹭声。玉兔跳栏芳草绿，踏青高岭好心情。”《咏芒果树》：“山岗树树鲜，荫下赏幽然。花发闲蜂恋，果垂游蝶翩。”他赞木棉：“赤膊风寒傲气骄，椰乡炎夏半天烧。”“英雄树有青云志，野外红光犹火苗。”

二是性情，诗有性格特色。所谓读诗见人，即可见作者性格，而这性格是地域、经历的综合反映。韦先生的诗如其人，真诚、朴素、天真、认真。我们常说诗的动人处是情感。这个情感必是因人而异，正是这样，诗才会各具面貌，万紫千红。《们三亚逸韵》名曰逸韵，有不少篇幅是闲适的，是韦诗赋式的真实的安逸自在。他在《中秋抒怀》中是这样闲适的："今夜赏秋秋赏我，共言团聚乐天明。"他对家乡的热爱是闲适的，《回乡感作》："椰树绕村鱼满塘，东风裁绿抹春妆。"他在垂钓中闲适，《夜钓寻趣》："江边绿野正秋祺，心悦偷闲把钓垂。……惆怅渔翁独斟酒，月光映照小虾湄。"《乡村漫兴》："河畔柳阴垂小钓，趣看白鹭逗平沙。"他漫步鹿城："晚步当车享爽风，银灯映照意浓浓。……海滨长啸千帆影，亭阁笙歌笑九重。"

三是人情，他写亲情，《江城子·清明忆慈严》："……不思量，又思量。远眺绿青青、夕照斜阳。"《咏慈母爱》："怀胎十月生，乳水唤儿声。肩瘦担家责，常年起五更。"亲情真挚动人。他写友情，在《参观生乐兄新居有感》中说"休闲度假享余生，挚友欢颜早已醉"。他写社会世相，如《三亚湾》中的"候鸟艺人鸣古调"，独有之思，新而见欣。

从艺术上来审视，《三亚逸韵》也有自己的面貌。

打通了诗书之门。诗道书道，相得益彰。用笔、布局，得书法之妙。把书法妙处用于诗，能如此者不多，能如此写诗，诗便耐得赏读。《印象博鳌》："二河一水斜阳下，归棹渔家荡碧波。”气象平和，笔法平顺，此诗又用了浓墨渲染手法：“人去楼空留岁月，斑驳门牖记遐踪。”《浣溪沙·莺歌海盐场抒怀》：“莺海雪花浴彩霞。自然宝藏遍天涯。绿波晶矿展芳华。餐饭匀调君是首，佳肴美味众人夸。海盐兴业惠千家。”有如他的书法，谋篇布局妥帖，字字句句相互照应，一首小令，景、事、思皆具。

有丰富的题材。读《三亚逸韵》，我们还可以看到作者的视野是很开阔的，三亚的、海南的、全国的许多大事，在诗集中皆可见到。如反映三亚发展的《参观崖州湾科技城感怀》：“崖州湾畔战声隆，商港飞花笑暖风。昔日贬臣流放地，创新科院立群雄。”写海南大历史事件的《海南解放七十周年感赋》：“七十春秋赤帜昂，崖州旧貌换新装。硝烟散去英魂在，护我家园守海疆。”《“八一”感怀》《园丁颂》《临江仙·元旦感怀》《贺北京冬奥会召开》《习总书记莅临崖州湾科技城视察抒怀》《国家今日公祭志怀》《渔家傲·颂雷锋为民服务队》……从这些篇目，可以看到诗的内容是涵盖很广的。

有深刻的思考。诗是思之物，诗中有思。《三亚逸韵》中，凭吊之作有述有评，《唐代宰相韦执谊贬崖州》说韦执谊是“中原文化传经者”；他用“花红楼立树阴下，老叟民歌吹唱忙”来照应《山村新貌》，他用“河谷悲歌触泪颜，昆仑硝火布香山”来《赞喀喇昆仑英烈》。即使是纯写景，也能做到景中见情，《山村暮色》：“林密天先暮，山高鸟倦飞。悬崖鸣涧水，丛莽掩晴晖。”

诗、书、联是相通的艺术，《三亚逸韵》中有不少楹联作品，春联，实用联，皆可赏读品味。如《望楼村门联》“村教早四邻开塾授人点化南荒千家子；乡风扬百里设商交友招来北域万贯翁”、《乐罗村门联》“后汉显村威乐翻史典知府择置新县址；民国香美墨罗列人才巨儒颜贤老家乡”，用事、行文，老练工稳，允称佳制。

文化是大海，《三亚逸韵》是投入大海的水滴，有了这样无数的诗文集，文化就不会干涸，永不会。

是为序

癸卯夏潘泓于北京亮马桥外交公寓

2023年6月19日于北京。

（作者：潘泓，系《中华诗词》杂志副主编、办公室主任，湖北省诗词学会副会长等）

序二

诗酒天涯平生事

——《三亚逸韵》序

唐精蓉

但凡笔者，多以笔名传达书写之初衷或志向，此不足为奇。而原名恰与兴趣爱好相契合，则不常有。韦诗赋是个例外。

因不擅诗韵，并未格外关注过韦诗赋的文字，对其洒脱不羁的做派反而印象深刻：好交结，喜豪饮，且酒酣必歌。曲为琼州小调，词是即兴所得，温和得几近慈爱的脸上春光怡然。歌毕，每每解说周详，香艳然不低俗，朴实且不乏机巧，常博得喝彩满堂。

直至一册《三亚逸韵》在手，方感知韦诗赋华美真丝包裹的身体里，柔韧的抽离。

为文之道贵在真。在韦诗赋《江城子·清明忆慈严》

中读到了这样的句子："先人长逝甚心伤。不思量，又思量。远眺绿清清、夕照斜阳。追思严父拉家常。焚冥纸，视端详。"昏暗的油灯下，父亲或细数先贤得失或叮咛农事忙闲。一柄烟筒微光闪烁，洞明了作者童年的混沌；一壶老酒醇厚芬芳，链接了作者远游的乡愁。而"夕阳斜照"中的"远眺"却提示着亲情难续，天人永隔。于是，"不思量，又思量"这抽刀断水般的思念便油然而生。真情实意，感人至深。

为文之道妙在境。"五峰悦目风光好，翠柏苍苍。云雾茫茫。百卉丛生鸟恣翔。骚人醉卧银河畔，饮玉兰香。放牧良乡，招舞秧歌韵味长。"（见《采桑子·再游五指山》）风光旖旎的五指山。青葱的松柏朦胧在如梦似幻的云雾中，宛如仙苑。游客陶醉其间，绝尘世外。人与景相融互动，浑然一体，构成了一副静美的图卷，而"鸟"的"恣翔"平添了灵动，鲜活了画面。至此，物、情两境既成。作者临摹认知的功力在《钓鱼乐》中亦可窥一斑。"……雅兴同鱼跃，心身意未穷。童笙多稚气，数尾论英雄。"文中借物寓意，以"鱼跃"之状烘托垂钓者的愉悦及盎然，形象且贴切。"数尾论英雄"颇为传神。童叟嬉谑，其乐自得。

除格律诗词，《三亚逸韵》还收录了作者的楹联、歌词、散文、小小说等，内容涉及古代圣贤、风物人情，对时局也常有感慨。诸多门类中，当推书法最佳。每逢节庆，求赐墨宝者络绎不绝。为示诚意，多以佳酿相赠。由此看来，其云章必然不俗。

值得一提的是，韦诗赋韦笔健文丰，五年里竟有 300 余篇诗文问世，实属难得。

古人以居室昭示人格。“春日斜辉照画楼，依窗醒目小汀州。山峰隐隐无涯际，河水潺潺不尽流。”（见《新居远眺》）韦诗赋之居室堪称雅致。不知其室外是否有一池湖水，水中是否有数枝青莲。尚若如此，夫复何求？

（作者：唐精蓉，女，系中国作家协会会员、海南省作家协会理事、三亚市作家协会主席。其文学艺术作品荣获第二届、第三届、第四届海南省“南海文艺奖”“五个一工程奖”及 2020-2021 年度海南文学双年奖等）

2023 年 6 月 18 日于三亚。

目录

古体诗词

漫步望楼河 …… 003
过五指山 …… 004
采桑子·再游五指山 …… 004
印象博鳌 …… 005
风筝吟 …… 006
参观崖州湾科技城感怀 …… 006
海南抗疫感吟 …… 007
三亚湾 …… 007
江城子·清明忆慈严 …… 008
观黄流元宵花灯感吟 …… 008
步和明代丘公《五指山》原玉 …… 009
附：明代丘公《五指山》原玉 …… 009
游海口五公祠感怀 …… 010
拜谒海瑞墓感吟 …… 010
游尖峰岭南崖登高眺望 …… 011

赞牡丹 …… 011
夜来香 …… 012
寄台同胞 …… 012
卜算子·咏梅 …… 013
阳春妍（寄意） …… 013
题春妍图 …… 014
秋艳吟 …… 014
无　题 …… 015
咏通什石景园 …… 015
天涯海角 …… 016
华沙纺织骏发 …… 017
大东海浴场 …… 017
美丽之冠 …… 018
寄台友人 …… 018
祭祖感怀 …… 019
宰相韦执谊贬崖州 …… 020
祝族谱重修面世 …… 020
游崖城学宫 …… 021
拜谒迎旺塔 …… 021
端午故乡行 …… 022
中秋抒怀 …… 022
丹村行 …… 023
咏丹村 …… 024

参观生乐兄新居有感 …………………………………… 024
重上鹿山 ……………………………………………… 025
清明忆先父 …………………………………………… 025
悼慈母 ………………………………………………… 026
瞻仰梅山烈士陵园 …………………………………… 026
游塞外青城 …………………………………………… 027
游京华荣宝斋潘家园 ………………………………… 028
望海吟 ………………………………………………… 028
端午节纪念屈原 ……………………………………… 029
海南解放七十周年感赋 ……………………………… 030
战新冠 ………………………………………………… 030
花好月圆 ……………………………………………… 031
夫人生日快乐 ………………………………………… 031
西江月·天涯一瞥 …………………………………… 032
海南解放七十周年 …………………………………… 032
西江月·鹿回头 ……………………………………… 033
鳌山吟 ………………………………………………… 034
沁园春·鹿城春满 …………………………………… 034
故乡吟 ………………………………………………… 035
祭祀梅山烈士陵园 …………………………………… 035
山村新貌 ……………………………………………… 036
加入中华诗词学会喜赋 ……………………………… 036
高峰红星村苗寨采风随感 …………………………… 037

新居远眺 …………………………………………………… 038
庆祝建军 93 周年 ………………………………………… 039
满庭芳·纪念建军节 ……………………………………… 040
琼崖秋咏 …………………………………………………… 040
一丛花·游崖州 …………………………………………… 041
乡村漫兴 …………………………………………………… 042
沁园春·庆双节 …………………………………………… 042
饮酒吟 ……………………………………………………… 043
赞老牛 ……………………………………………………… 043
咏农忙 ……………………………………………………… 043
秋　咏 ……………………………………………………… 044
忆江南·家乡好 …………………………………………… 044
参加吉阳区老干诗酒会感兴 ……………………………… 045
临江仙·黄善雄老校长回乐罗中学 ……………………… 046
忆江南·吴家庭院靓 ……………………………………… 046
元旦抒怀 …………………………………………………… 047
沁园春·乐罗吟 …………………………………………… 047
回乡感作 …………………………………………………… 048
建党 100 周年有感 ………………………………………… 048
满江红·颂党百岁抒怀 …………………………………… 049
浣溪沙·读张金英会长《留别吴兄韦兄并致谢忱》奉和
…………………………………………………………… 050
附：张金英会长原玉 ……………………………………… 050

迎春抒怀 …………………………………………………… 051
春　晓 ……………………………………………………… 051
赞喀喇昆仑英烈 …………………………………………… 052
利国崖州民歌协会成立揭牌致贺 ………………………… 052
咏母山咖啡 ………………………………………………… 053
赞母山咖啡 ………………………………………………… 053
卜算子·赞母山精品咖啡 ………………………………… 054
步《在椰城与海南诗友座谈》韵寄周文彰会长 ………… 054
游尖峰岭 …………………………………………………… 055
散步吟 ……………………………………………………… 055
颂党百年华诞 ……………………………………………… 056
“七一”感怀 ……………………………………………… 056
悼念袁隆平院士 …………………………………………… 057
华夏悼袁公 ………………………………………………… 057
钓鱼乐 ……………………………………………………… 058
贺神州十二号载人飞船发射成功 ………………………… 058
赞椰树 ……………………………………………………… 059
咏母校 ……………………………………………………… 059
“八一”感怀 ……………………………………………… 060
赞教师 ……………………………………………………… 060
鹧鸪天·“八一”感赋 …………………………………… 061
荷花赞 ……………………………………………………… 061
园丁颂 ……………………………………………………… 062

中秋感怀 …… 062
步和林志坚主任雅聚中秋原韵 …… 063
诉衷情·癸卯中秋思忆 …… 063
赞三位航天英雄凯旋 …… 064
国庆感怀 …… 064
贺华诞暨《英子评诗》上线二周年 …… 065
庆国庆暨《英子评诗》创刊两周年 …… 065
孟晚舟归国感吟 …… 066
《“十四五”时期中华诗词发展规划》感赋 …… 066
赞农民 …… 067
人生感怀 …… 067
乡村晨光 …… 068
榕树吟 …… 068
赏　菊 …… 069
咏杏花村酒 …… 069
小雪吟 …… 070
咏汾酒 …… 070
临江仙·元旦感怀 …… 071
虎岁感怀 …… 071
忆秦娥·贺虎岁 …… 072
贺乐东县诗词学会成立 …… 072
贺北京冬奥会召开 …… 073
浣溪沙·虎岁元宵抒怀 …… 073

鹿城风光 …… 074
漫步鹿城 …… 074
游南山寺 …… 075
北京冬残奥会感怀 …… 075
散步游早春 …… 076
初春感怀 …… 076
赞傲梅 …… 077
武陵春·新居小花园 …… 077
咏　梅 …… 078
清明扫墓 …… 078
鹿城抗疫感吟 …… 079
习主席南海阅兵感怀 …… 080
习总书记莅临崖州湾科技城视察抒怀 …… 080
南歌子·乐东县诗词学会成立感赋 …… 081
壬寅端午节龙舟赛感怀 …… 082
浪淘沙·端阳感怀 …… 082
早春吟 …… 083
贺黄流诗文社建社卅周年感怀 …… 083
山村暮色 …… 084
建党 101 年华诞抒怀 …… 084
［双调·大德歌］“七一”颂党华诞 …… 085
共产党华诞抒怀 …… 085
南方初夏感吟 …… 086

赞玉兰花 …………………………………………………………… 086
夜钓寻趣 …………………………………………………………… 087
咏　春 ……………………………………………………………… 087
望山景 ……………………………………………………………… 088
建军 95 华诞感怀 ………………………………………………… 088
偶　感 ……………………………………………………………… 089
咏芒果树 …………………………………………………………… 089
鹧鸪天·赞多省市医疗队驰援三亚抗疫 ………………………… 090
满江红·望楼村乡贤支援家乡抗疫感怀 ………………………… 091
无　题 ……………………………………………………………… 092
《黄河诗阵》周年感赋 …………………………………………… 092
鹊桥仙·赞抗疫雷公马 …………………………………………… 093
水调歌头·壬寅中秋感吟 ………………………………………… 094
天使早晨献爱心 …………………………………………………… 095
《黄河诗阵》周年抒怀 …………………………………………… 095
琼州疫情清零感怀 ………………………………………………… 096
喜迎二十大召开 …………………………………………………… 096
田野吟 ……………………………………………………………… 097
壬寅国庆寄怀 ……………………………………………………… 097
国庆随感 …………………………………………………………… 098
偶　感 ……………………………………………………………… 098
重阳抒怀 …………………………………………………………… 099
夜游宫·喜迎党二十大召开 ……………………………………… 099

浣溪沙·咏棉花 …… 100
木棉赞 …… 100
向行长鹿城履职感吟 …… 101
聆听党的二十大报告感吟（折腰体）…… 101
水调歌头·二十大精神乐农家 …… 102
蝶恋花·游南山 …… 103
阆中古城感吟 …… 104
浣溪沙·寒露 …… 104
浣溪沙·莺歌海盐场抒怀 …… 105
题天池三鹅图 …… 105
国家今日公祭志怀 …… 106
吟燕子 …… 106
欢度元旦 …… 107
学书法 …… 107
马　吟 …… 107
蝶恋花·癸卯新春感怀 …… 108
福满年夜饭 …… 108
浣溪沙·盛世元宵 …… 109
立　春 …… 109
观元宵灯会感吟 …… 110
二月二漫兴 …… 110
沁园春·崖州春早 …… 111
玉兔吟 …… 111

鹧鸪天·春吟 …………………………………………………… 112
惊蛰吟 …………………………………………………………… 112
卜算子·春雨 …………………………………………………… 113
咏　春 …………………………………………………………… 113
渔家傲·颂雷锋为民服务队 …………………………………… 114
江城子·画贪官污吏 …………………………………………… 114
沁园春·梅西村纪行 …………………………………………… 115
春　分 …………………………………………………………… 116
咏　夏 …………………………………………………………… 116
风扇吟 …………………………………………………………… 117
浣溪沙·清明忆先慈 …………………………………………… 117
虞美人·咏青松 ………………………………………………… 118
一剪梅·吟三角梅 ……………………………………………… 118
咏芒果树 ………………………………………………………… 119
柳梢青·竹吟 …………………………………………………… 119
故乡漫步 ………………………………………………………… 120
赞城市美容师 …………………………………………………… 120
菩萨蛮·五一畅游 ……………………………………………… 121
念奴娇·五四感怀 ……………………………………………… 121
临江仙·聆听张金英老师诗词讲座 …………………………… 122
聆听潘泓教授诗词讲座感赋 …………………………………… 122
咏慈母爱 ………………………………………………………… 123
诉衷情·重阳抒怀 ……………………………………………… 123

鹧鸪天·退休感吟 …………………………………… 124
休闲寻趣 ……………………………………………… 124
鹧鸪天·咏夏 ………………………………………… 125
休闲漫咏 ……………………………………………… 125
咏竹园 ………………………………………………… 126
芒　种 ………………………………………………… 127
鹧鸪天·忆童年 ……………………………………… 127
卜算子·六一感怀 …………………………………… 128
水库吟 ………………………………………………… 128
劝　学 ………………………………………………… 129
浣溪沙·咏对弈 ……………………………………… 129
桂殿秋·祝学子圆梦 ………………………………… 130
鹧鸪天·高考 ………………………………………… 130
学子高考 ……………………………………………… 131
父亲节忆父 …………………………………………… 131
鹧鸪天·梦严父 ……………………………………… 132
父亲节感吟 …………………………………………… 132
卜算子·“科技诗词工委”周年颂 ………………… 133
喜迁莺·小暑 ………………………………………… 133
浣溪沙·拜谒东坡居士 ……………………………… 134
鹊桥仙·大暑 ………………………………………… 134
望海潮·游东坡书院怀苏翁 ………………………… 135
八月吟 ………………………………………………… 136

重叠金·立秋 …………………………………………… 136
游大小洞天 …………………………………………… 137
浣溪沙·游大小洞天感怀 ………………………………… 137
祝贺《香港诗词曲赋》创刊 ………………………………… 138
浣溪沙·处暑 …………………………………………… 138
贺采薇诗社百期刊 ……………………………………… 139
行香子·七夕吟 ………………………………………… 139
七夕寄怀 ……………………………………………… 140
浣溪沙·中元节感吟 …………………………………… 140
南柯子·白露吟 ………………………………………… 141
游亚龙湾 ……………………………………………… 141
满庭芳·走进天行森林公园 ……………………………… 142
八声甘州·祀祭毛公山 ………………………………… 143
点绛唇·秋分 …………………………………………… 144

二、楹 联

三、歌 词

望楼村可爱的家乡（歌词）……………………………… 155
唱不完三亚美（歌词）………………………………… 156
山荣农场之歌（歌词）………………………………… 158
家和万事兴（歌词）…………………………………… 160

四、 现代诗

山海放歌 …………………………………………………… 165
悠悠望楼河 ………………………………………………… 168
梅山行 ……………………………………………………… 170
日历颂 ……………………………………………………… 172
神奇大小洞天 ……………………………………………… 174
祝贺“海南 301”开诊 …………………………………… 176

五、 散文小小说

明珠光华 …………………………………………………… 181
蒲公英恋歌 ………………………………………………… 183
遨游大小洞天 ……………………………………………… 186
品茗·赏景·小憩 ………………………………………… 189
偶　遇 ……………………………………………………… 191
并非误会 …………………………………………………… 195
较　量 ……………………………………………………… 197
时髦病人 …………………………………………………… 200

六、 祭　文

祭父文 ……………………………………………………… 205
祭母文 ……………………………………………………… 208
祭岳母文 …………………………………………………… 211

宰相韦执谊贬崖州 …………………………………………… 213

七、 诗友赠贺诗

贺韦诗赋《三亚逸韵》出版发行 ………………… 王健强 219
读韦先生《三亚逸韵》感赋 …………………… 袁俊杰 220
读韦诗赋先生《三亚逸韵》有感 ……………… 黎玉聪 221
读韦诗赋《三亚逸韵》有感 …………………… 钟琼新 222
读韦诗赋老师《三亚逸韵》一书有感 ………… 吴 弟 223
贺韦诗赋兄《三亚逸韵》华丽登场 …………… 邢孔史 224
贺韦诗赋兄《三亚逸韵》出版 ………………… 何顺昌 225
读韦诗赋兄《三亚逸韵》有感 ………………… 黎吉珊 225

后 记 ……………………………………………………… 226

古体诗词

漫步望楼河

最爱河心落夕晖，群鹅戏水野花围。
晚风轻拂清波处，叠起乡音又浣衣。

2021 年 4 月，原载《中华诗词》诗刊杂志（纸刊）第 4 期，2020 年 7 月 6 日，载《中国诗歌网》。

英子点评：

这是作者于黄昏时分漫步望楼河畔之所见，描绘了望楼河的美丽景致，含蓄地表达了对这条家乡河的喜爱之情。诗以“最爱”起笔，道出“河心落夕晖”是望楼河最美的时光。次句由河心至周围，动静相宜，“群鹅戏水”的生机，“野花围”的美丽，以暮色下望楼河的景致表现乡村生活的美好，并为下文铺垫。后两句自然转入对乡村生活的描述，尤以“叠起乡音又浣衣”形象生动，巧用“叠起”一词，化无形之“乡音”为有形可触，让人仿若看到一群村妇在清波荡漾的地方一边谈笑一边洗衣的情形，极富生活之味。

点评老师：张金英，女，粤人居琼，70 后，网名南国英子。倾心诗词创作与评论，创办《群英诗会》《英子评诗》公众平台。现为中华诗词学会理事、中华诗词学会评论委员会副主任、中华诗词教育培训中心高级研修班导师，海南省诗词学会副会长兼《琼苑》执行主编、《儋州文苑》主编。

过五指山

东风浩荡燕飞翔，一路车驰入寨乡。
岭绕峰回连碧汉，草欣花喜沐春光。
胶林涌浪茫茫叠，椰果如珠馥馥香。
木叶迎宾鸣古调，琼楼耸立绿阴藏。

2021 年 4 月，原载《中华诗词》杂志（纸刊）第 4 期。2020 年 7 月 6 日，载《中国诗歌网》。

采桑子·再游五指山

五峰悦目风光好，翠柏苍苍。云雾茫茫，百卉从生鸟恣翔。

骚人醉卧银河畔，饮玉兰香。放牧良乡，招舞秧歌韵味长。

2021 年 12 月，原载《中华诗词》杂志（纸刊）第 12 期。

印象博鳌

一

闻到万泉故事多，观音龙女斗鳌歌。
二河一水斜阳下，归棹渔家荡碧波。

二

红砖黛瓦蔡家院，百岁孤身椰树中。
人去楼空留岁月，斑驳门牖记遐踪。

三

南村夏日动诗情，曲巷青砖翠色呈。
银树百年招远客，田边蛙唱乐天明。

2022年8月，第一、二首载《中华诗词》杂志（纸刊）第8期；2022年，共三首载省诗词学会主编的《琼苑》诗刊（纸刊）第1期。

风筝吟

清奇黄竹巧工连，片纸糊成雪白颜。
奋翮冲霄增日彩，摇头摆尾逐风旋。
生机一线危言测，失势迟回血泪斑。
牛背童笙与汝叹，枉怜骨肉遍荒山。

2020 年 7 月 6 日，载《中国诗歌网》。2022 年 8 月 9 日，载中华诗词学会企工委主编的《商海诗潮》第 13 期。

参观崖州湾科技城感怀

一

崖州湾畔战声隆，商港飞花笑暖风。
昔日贬臣流放地，创新科院立群雄。

二

追寻贸易开春景，通埠聚财超亚东。
再世南繁禾菽壮，五湖四海一枝红。

2020 年 7 月 6 日，载《中国诗歌网》。

海南抗疫感吟

疫神突兀虐琼岛，大白高医逆向征。
且看悬壶施妙术，又闻携手报芳声。
天涯经雨青松立，海角乘风翠石横。
瘟瘴渐除云正散，崖州璀璨碧穹明。

2022年8月16日，载《中华诗词》杂志（诗说时事）海南省诗词专刊。

三亚湾

凤凰岛畔看灯明，四海宾朋聚鹿城。
候鸟艺人鸣古调，亭台行客舞风情。
云横净水银波漾，花艳长廊翠锦清。
佳景余晖游玉苑，千帆逐月棹歌声。

2022年12月，载《中华诗词》杂志（纸刊）第12期。

江城子·清明忆慈严

先人长逝甚心伤。不思量，又思量。远眺绿青青、夕照斜阳。追思严父拉家常。焚冥纸，视端详。

坐身旁。沐恩光。明晓岂能、绞断子孙肠。唯有清明时节到，丘坟地，奠琼浆。

2023 年 4 月 8 日，载《人民日报》人民号（高端原创诗词平台）云帆诗会 2023 第 16 期。

观黄流元宵花灯感吟

银树交辉映碧天，百花吐蕊怒呈妍。
彩车异瑞入迷望，老叟笙歌乐太平。
夜景融融明月落，美人俊士互寻前。
琼南椰韵春光暖，物阜民康幸福年。

1979 年元宵作。2023 年元宵，载《黄河诗阵》第 3 期（总第 107 期）。

步和明代丘公《五指山》原玉

屹伸五指翠峰连，矗立群山映碧天。
雾绕丘陵青壁汉，草欣花喜弄风烟。
胶林似海入迷望，椰果垂绅掌上悬，
奇石耸然寻胜迹，丰饶琼岛玉珠联。

1980年5月11日作。2023年，载《黄河诗阵》第66期（总第101期），2023年8月5日，载《百味诗词》第41期。

附

明代丘公《五指山》原玉

五峰如指翠相连，撑起炎荒半壁天。
夜盥银河摘星斗，朝探碧落弄云烟。
雨霁玉笋空中现，月出明珠掌上悬。
岂是巨灵伸一臂，遥从海外数中原。

游海口五公祠感怀

五公遭迫谪琼岛，放逐南荒志世雄，
祠馆塑容岿挺立，游人万里敬仰翁。

1980 年 7 月 4 日作。

拜谒海瑞墓感吟

南粤青天正气崇，效将铁骨震明宫。
弃官捐命惠黎庶，琼岛埋躯忆世雄。

1980 年 12 月 4 日作。

游尖峰岭南崖登高眺望

回顾闻芳荃，登高放晓烟。
青山山地接，流水水连天。
碧海望无尽，微波显逸然。
倚窗怀日月，夜寂故人牵。

1982 年 5 月 16 日作。

赞牡丹

一枝浓艳露银光，蕾蕊吐葩含异妆。
国色天香唯独秀，三春饰染赖花王。

1982 年 12 月 11 日作。

夜来香

艳质芬芳勤抚慰，夜闻醇厚着迷香。
平生疲惫惠黎庶，拽进甘甜入梦乡。

1983年3月4日作。

寄台同胞

原本炎黄胄，应存博爱心。
分歧贻外笑，团结值千金。
秉政须求治，同根最笃深。
归回商国是，功绩永长吟。

1983年6月17日作。

卜算子·咏梅

傍晚微风吹，细雨无踪矣。夜寂群芳不吐香，实在心焦碎。

傲梅不为私，只是骚人意。待到神仙女放心，忽尔闻香气。

1983 年 12 月 11 日作。

阳春妍

(寄意)

故时荣辱与谁怜，只叹人生如暮烟。
若得孤高名利薄，愿安冬笋绘春妍。

1984 年 2 月 10 日作。

题春妍图

池塘水社乃生津，春外鸟鸣望故人。
草阁江深迷恋处，荷风清爽度时新。

1985 年 3 月 17 日作。

秋艳吟

庭院繁枝斗异妍，依稀寄景故园前。
东风一扫心头事，共咏世间秋艳天。

1985 年 11 月 13日作。

无　题

百花凋谢叹时深，人世浮云惜寸阴。
惟有宽容温语在，故藏冷暖结知音。

1985 年 11 月 13 日作。

咏通什石景园

雕镌造就小仙园，异彩长廊石景天。
浪蝶含香游逸境，夕晖斜照翠华妍。
风清秀色楼台转，艺苑春魂好入眠。
老叟竹箫鸣古调，盛情邀客悦流连。

1990 年 3 月 11 日作。2022 年 12 月 24 日，载《黄河诗阵》第 69 期（总第 102 期）。2023 年 8 月 5 日，载《百味诗词》第 41 期（总第 106 期）。

天涯海角

一

昔日贬臣南海边，今朝名胜景千千。
有情眷属天涯誓，双璧依依话百年。

二

奇石连波浮海角，环球游客玩天眠。
山青水秀椰风爽，赢得情人乐自然。

2005 年 7 月 20 日，载《三亚日报》鹿回头副刊及《三亚文艺》2011 年第五期。

华沙纺织骏发

欲念世间技艺先，千丝万缕云霞紫。
锦连红艳皆娱怀，毯织经纶似花蕊。

2014年5月26日，应邀为广州“华沙纺织厂”开业而作。

大东海浴场

碧波绿水夕阳红，东海浴场嬉戏童。
斗浪逍遥身体健，不曾少壮与诗翁。

2004年9月，载《南国诗文》第三期。2018年11月，载湖南《文学创刊》。

美丽之冠

中华儿女逢昌世，美丽之冠新落成。
世姐天涯展美丽，环球翘首寄遥情。

2004 年 9 月，载《南国诗文》第三期。

寄台友人

极目江山恨万千，春回梦寐到郎边。
愿君解甲前情叙，游子存心忆旧缘。
去日恩仇成往事，阋墙兄弟血红连。
浮云富贵恋何益，且看黄花乐晚年。

2012 年 3 月 16 日作。

祭祖感怀

韦执谊（764—812），字宗仁，溢文静，唐代京兆（今陕西西安韦曲）人。顺宗永贞元年（805），顺宗帝诏发“韦执谊平章事制”，授尚书左丞。唐代杰出的政治家、改革家，著名才子，被王安石誉为“天下奇才”，深受德宗帝的倚重。2018年清明时节，三亚、乐东韦族兄弟一行十几人，驱车前往海口龙泉镇雅咏村祭祀唐代宰相韦执谊先祖。

忠魂安躺宝泉头，宰相音容难挽留。
佳节时辰遥祀祖，韦公后裔却思愁。

2018年4月2日，载《三亚日报》鹿回头副刊，2022年2月27日载新浪网。

宰相韦执谊贬崖州

小幼聪明执谊公，革新鼎旧立勋功。
除贪斩腐解民愤，著作诗书千古崇。
修筑水渠壮穗浪，大才精义树新风。
中原文化传经者，创办学堂仍世红。

2022 年 12 月 29 日，载中华诗词学会企工委主编的《商海诗潮》第 23 期。

祝族谱重修面世

翻开族谱忆前光，追慕祖先修史章。
兄弟辛勤年岁月，撰文后裔觅源香。
韦根渊远育生长，儿女相传百世昌。
承继诗书咏唐宋，翰词德泽永流芳。

2018 年 5 月 16 日作。

游崖城学宫

海外邹书崖学宫，天涯寻胜誉师功。
兴文敷育千家子，贤圣渊明黎庶崇。
阁馆宏猷威势壮，造玄异瑞大雕工。
美哉琼岛高夔府，重教尊儒万载红。

2019 年，载《三亚文艺》第一期，2023 年 7 月 25 日，载《海角涛声》第 2 期。

拜谒迎旺塔

海角一珠迎旺峰，百年霜雨挺苍宫。
庶民仰慕寻佳景，胜迹流芳万载崇。
昔日荒芜逃鬼域，迄今遗盛壮豪雄。
佛书文化传千代，南国子孙沐古风。

2019 年，载《三亚文艺》第一期，2023 年 7 月 25 日，载《海角涛声》第 2 期。

端午故乡行

五月端阳祯吉祥，酸梅头下粽闻香。
百年传唱摇蓝曲，斗得慈母暖沁洋。

2020 年端午节作。

中秋抒怀

一

高朋欣聚首，对月诉离情。
促膝谈前事，团圆喜笑迎。
拓宽追梦想，挥笔咏先行。
盛会明年再，中秋夜满清。

二

中庭地白听鹃鸣，冷露无声显桂英。
今夜赏秋秋赏我，邀君相叙乐天明。

三

皓月当空照，今宵萃故知。
秋高天气爽，品茗咏新诗。

2019年9月7日，载《三亚日报》鹿回头副刊，2021年中秋节，载《群英诗会》第329期。

丹村行

毓秀钟灵生态靓，天池犹砚育书攀。
椰乡翠绿映春色，机械轰轰龙沐湾。
渔父满仓丹桂港，鱼游碧海鹤群颜。
最甜瓜果南飞运，遍野禾畴堆满山。

2023年5日9日作。

咏丹村

春到丹村乐事多，夏来漫步赏池荷。
秋风沃土落花朵，冬日妇哼银海歌。
东阁晨光连碧野，庄园翠绿满菠萝。
西山不断淋芳雨，田叟遥听响闷锣。
梅熟香飘兰桂发，椰滩幽静岭头鹅。
菊遮院宇人康健，竹映书亭户富婆。
红日初升霞艳艳，中年立业莫蹉跎。
艰辛奋斗成新业，锦绣前程算大哥。

2013 年 6 月 3 日作。

参观生乐兄新居有感

壬午良辰造宅居，鸡啼坝畔耸然臂。
小家玲巧东南情，人杰地灵乐如意。
旭日映辉练体魂，品茶观景赏新翠。
休闲度假享余生，挚友欢颜早已醉。

2010 年 4 月 8 日，到乐东县城办事，邀生乐兄同行。办事完毕偕兄返他老家中灶村参观他新建别致的新居，观赏之致，赋诗一首。

重上鹿山

再上黎园未见颜，眺望南海与苍天。
一挥难遇思千古，暗忆湿襟窥玉泉。
日短梦长魂魄恋，电波传讯断琴弦。
路途迢递接峰宇，泪泪如珠述若篇。
世事人和风月伴，牛郎织女岂丝连。
祝喜佳侣花明玉，笔墨成章绘山川。

2015 年 5 月 30 日作。

清明忆先父

遥瞻先父忆音容，尔逝天堂赴夏冬。
甲午阿婆西鹤去，地行犹见隔千重。
小儿奋力精于用，养女持家避险峰。
弱冠即忙茫海立，顶风尘世负群龙。
陵园坡上沙飞动，清节时辰祭祖宗。
烧酒焚香哀老子，俯身低首泪声浓。

2020 年 4 月 4 日清明节作。

悼慈母

惊闻噩耗泪泉涌，庭院悲氛香雾浓。
先妣年逾驾游去，儿孙哭您忆音容。
汝居旺族貌端秀，娴静雍容品德彤。
睦里善言垂典范，相夫教子九秋冬。
别娘亲没缘重碰，痛汝生涯波浪冲。
莫报春晖伤寸草，慈言嘉训忆心胸。

2014 年 8 月 18 夜作。

瞻仰梅山烈士陵园

梅豆红花分外香，陵园忠骨映辉光。
捐躯洒血除魔鬼，赢得安民卫故乡。

2020 年 4 月 9 日，载海南省诗词协会主编的《琼苑》微刊第 22 期。

游塞外青城

一

塞外青城醉故人，草原天地画真真。
兴来挚友游佳境，既备醇香叙乐津。

二

横野漫云幽景靓，沙洲无际百花新。
牛羊成对齐班列，童背笙歌马有神。

2019 年 9 月 18 日，载《三亚日报》鹿回头副刊。2023 年 10 月 15 日载《大风歌诗友会》第四十二期。

游京华荣宝斋潘家园

施展中央聚此斋，韵情红紫砚池开。
百样图篆田园石，神笔瑰奇誉画才。
京苑幽香风物库，民间古玩玉葩哉。
文房四宝添新异，思慕芳名着意来。

2019年9月18日，载《三亚日报》鹿回头副刊。

望海吟

仰望碧月绿波清，鸟曲渔歌悠乐声。
东海浴场嬉斗笑，晚晴笙管伴天明。
椰林长老风情舞，弄巧儿孙逐浪惊。
闲坐沙滩凉气爽，心平无恙眺潮生。

2019年12月15日作。

端午节纪念屈原

一

神州十亿忆先贤，竞渡龙舟鼓角天。
高节雄才千古誉，屈原灵气绘诗篇。

二

一卷《离骚》垂九州，苍生端午泪横流。
屈公傲骨沉江去，赤子捐躯志未休。

三

岁岁端阳粽粟香，汨罗江里赛舟忙。
屈原忧国心常赤，千载神州忆俊良。

载省诗词协会主编《琼苑》2020 年 6 月 23 日微刊第 37 期；2021 年 6 月 14 日，载《群英诗会》第 281 期。

海南解放七十周年感赋

七十春秋赤帜昂，崖州旧貌换新装。
硝烟散去英魂在。护我家园守海疆。

2020 年 4 月 27 日，载省诗词学会主编《琼苑》微刊第 26 期。

战新冠

疫情蔓衍闹神州，南士引贤战鬼幽。
科技争先斩顽恶，庶民安足乐忘忧。
白衣天使岂能守，奋不顾身无所求。
心系亲人早康瘉，奉献爱心热血流。

2020 年 3 月 7 日，载海南省作家协会主编的《原创海南》。

花好月圆

夜光皎皎照神州，花好月圆人莫忧。
良友笙歌讴盛世，阖家团聚畅春头。
祥云献岁齐祈福，织女巴望碧海游。
仙凤后宫偷妙药，广陵寒影岂焦愁。

2019 年 12 月 28 日作。

夫人生日快乐

夫人生日乐悠悠，好友芳词悦忘忧。
久别闲聊昔僚事，半杯杜酒似云游。

2020 年 3 月 8 日，夫人海燕生日而作。

西江月·天涯一瞥

鹿邑覆新换异，椰风海韵迷仙。游人无不赞春天。大厦小斋连遍，生意兴隆一片。温馨神液龙泉，漂然黎锦万千千，个个开颜笑面。

又

遍地高楼耸立，条条大道修全。扶贫支困惠民圆，百姓赞言悠远。搞众生财多件，英雄谱写新篇。而今春满百花妍。改旧貌多新变。

2021 年 10 月 15 日，载《三亚日报》鹿回头副刊。

海南解放七十周年

壮夫捐国贯长空，姿态犹生似梦中。
日月同晖昭德厚，鹦歌岭上映山红。
风沙雷电威兴此，黎庶归心水向东。
静穆陵园魁碧落，琼崖千载颂英雄。

2020 年 3 月 13 日，载《琼苑》微刊。

西江月·鹿回头

仙境独居黎女，恋郎狩猎攀峰。碧波浩瀚沐悠风，蹄驻危崖重重。风美艳容温语，猎人寻偶情钟。天生一对喜相逢，伉俪共嬉甜梦。

鹿苑景幽寻凤，仙妃娟秀偎依。雅园处处曙光容，晚送秋波花动。骚客墨仙常聚，诗琴书画精通。天涯适所少寒冬，双眼艳情传颂。

2014 年 5 月 26 日，载《三亚日报》鹿回头副刊。2023 年 8 月 9 日，载《风采中华名师汇》第 464 期，2023 年 8 月 16 日，载省《琼苑》诗刊 134 期。2023 年 8 月 21 日，载中华诗词学会企工委主编的《商海诗潮》2023 年第 34 期

鳌山吟

鳌山翠绿海之舟，异石仙禽景逸幽。
自古奇观陶客醉，故园忘倦若神游。

2020 年 4 月 3 日作，2023 年 8 月 27 日，载《海角涛声》微刊第 3 期。

沁园春·鹿城春满

海角风光，艳阳花放，唱晚爽风。碧水沙精白，粼波鸟动，绮峦峰翠，琼树葱茏。四季无冬，休憩疗养，外港渔歌南海融。望鹿苑，晚香红艳艳，丰稔优崇。

环球旅朋笑语，放歌驿亭似蟠龙。昔日孤臣地，而今若画，异驰奇迹，江滟云彤。欢待外宾，烽火首传，南繁田畴禾菽丰。逢盛世，庶民佳兴旺，各族鸿功。

2014 年 8 月 18 日，载《三亚日报》鹿回头副刊，2023 年 8 月 9 日，载《风采中华名师汇》第 464 期，9 月 22 日，载中华诗词学会企工委主编的《商海诗潮》第 36 期。

故乡吟

家在琼南鱼米香，山青翠绿果园乡。
阳春梅笑花争锦，远客交游与贾商。

2022 年 5 日 6 日作。

祭祀梅山烈士陵园

芙蓉岭头芳草壮，千秋功绩世人扬。
清明时节祭英烈，座座丰碑降吉祥。

2020 年，原载海南省诗词协会主编的《琼苑》(纸刊)第 1 期。

山村新貌

追梦途中开远景，通商集埠向康庄。
花红楼立树阴下，老叟民歌吹唱忙。

2020年4月27日，载省诗词学会《琼苑》微刊26期。

加入中华诗词学会喜赋

诗园默默育花兰，春夜逢君入杏坛。
路杳交流初驻足，痴愚不晓学之酸。
狼毫写秃无声望，铁砚精研只等宽。
欣得艺林新雨露，白头仍世紧追欢。

202年3月17日作。

高峰红星村苗寨采风随感

一

高岭围屏溪水绕，竹篱花绽白云巡。
小楼幢幢山中立，精准扶贫惠爱真。

二

深谷清幽百鸟鸣，招龙舞曲唤春行。
吹笙会鼓白云遏，一入山村心眼明。

2020 年 7 月 12 日，载《琼苑》微刊 42 期，同年载省诗词《琼苑》（纸刊）2020 年第 2 期（新总第 20 期）。

新居远眺

一

春日斜晖照画楼，依窗醒目小汀洲。
山峰隐隐无涯际，河水潺潺不尽流。

二

沃野童笙哼古调，果园挚侣乐悠悠。
放怀清静忘银发，但愿来年百度秋。

2021 年 5 月 16 日，载《英子诗会》第 226 期。

庆祝建军93周年

一

八一战旗红，雷声震上穹。
波涛无所屈，风雨显才雄。

二

边塞烽烟起，神州俊烈忠。
军魂今宛在，功绩万年崇。

2020年7月23日作。

满庭芳·纪念建军节

海屿烽烟，俊才将士，真诚民族之魂。捐躯卫国，壮志撼昆仑。马列人生真谛，讴正气，响彻乾坤。灵和肉，沙场再缔，赢得世人尊。

神州多俊烈，英雄事迹，风范长存。盼炎黄子孙，永忆军恩。残破金瓯往事，永相记，激励人民。而今后，边疆万里，全赖虎贲军。

2020 年 7 月 31 日，载《琼苑》微刊第 47 期。

琼崖秋咏

碧天绘色映丹枫，艺海无声韵扫空。
琼岛秋游林未翠，青山采茗菊争雄。
鱼肥果灿晚风爽，燕舞莺歌万物隆。
精准扶贫增富裕，追寻商港脱途穷。

2022 年 11 月 30 日，载海南省老干局诗词选，2023 年 9 月 16 日，载《风采中华神州诗社》第 171 期（总第 498 期）。

一丛花·游崖州

五峰悦目景常妍。秋色爽南天。风和日丽花梢露，柳含烟，喜乐频传。奇石层峦，万泉丽影，佳景映云间。

棱锥屹立洞之仙。林海互毗连，高山绿翠滋群物，似镜圆，拓展新颜。畅游百川，琼楼紫气，高铁任盘旋。

荐语：借景抒情，尾句点睛之笔：祥和景象，盛世芳华！祖国大好河山生机盎然！（王金成荐）。

2022 年 7 月 19 日，载中华诗词学会企工委主编的《商海诗潮》第 11 期。

乡村漫兴

结庐椰密伴溪绿，肥美田园壮稻麻。
户外竹琴千古韵，村前野草映红花。
闲居酌酒欣闻鸟，读史常怀眺夕霞。
河畔柳阴垂小钓，趣看白鹭逗平沙。

2020 年 9 月 7 日作。2021 年7 月，载“百年红船礼赞”获诗词参赛特等奖。

沁园春·庆双节

彩帜飘扬，亿众欢腾，万象耀城。看鸥翔帆影，渔舟唱晚；人来琼岛，椰树相迎。科技强兵，企商助力，致富安贫社稷荣。财源盛，有港湾自贸，开拓前行。

今宵月满香盈，五十六同胞共诉情。赞全民抗疫，瘟魔消遁；复苏经济，乐业辉生。心系同根，身居海外，两岸团圆齐一声。清辉下，愿山河一统，花好风清。

2020 年 10 月 1 日，载《琼苑》微刊第 58 期。

饮酒吟

还乡畅饮解人愁，同道千杯快乐酬。
孩幼无知肝胆壮，兴添墨客韵风流。

2020 年 9 月 7 日作。

赞老牛

犁地耕田久史悠，一年四季莫求休。
早时步步无偏道，辛苦从来不计酬。

2020 年 9 月 11 日作。

咏农忙

夏阳禾穗黄，荷叶满池塘。
肥粟循科技，清风谷进仓。

2020 年 9 月 13 日作。

秋 咏

园中花满眼，漫步共聊天。
秋夜露珠现，早晨祥气鲜。
悠哉欣自得，快矣乐无边。
但愿人长久，青山岁岁然。

2020 年 9 日 14 日作。

忆江南·家乡好

家乡好，瓜果稻香丰。山水秀人风景美，望楼河畔奏箫翁。民富物华通。

2020 年 3 月 9 月 15 日作。

参加吉阳区老干诗酒会感兴

一

骚坛丕绩词声壮，艺苑宏开咏雅篇。
堪慕诸君皆妙手，唐诗长唱播南天。

二

吉阳花艳多奇俏，艺苑风趣格外娇。
诗友相逢咏雅句，临春岭上乐逍遥。

2020 年 10 月 3 日作。

临江仙·黄善雄老校长回乐罗中学

桃李惠泽存吾愿，追思同党情浓。学儿奋志各西东。迄今重聚首，犹似梦眠翁。

校园旧貌呈新靓，入门怀抱欢容。师生握手乐融融，往言叙不尽，长忆意不穷。

2020 年 11 月 11 日作，2021 年 11 月 11 日，载《情系校园》。

忆江南·吴家庭院靓

崖州美，绿野稻犹香。吴氏院红花斗艳，子孙层出五丁昌。能不忆春光。

2020 年 12 月 18 日作。

元旦抒怀

社稷多奇福海天，欣逢大典乐无边。
盛时华诞耀环宇，黎庶还存沽酒钱。
老叟驱车游锦市，乡村楼靓咏诗篇。
贸材通壮开新景，琼岛宏图百物妍。

2020 年 12 日 2 日作。

沁园春·乐罗吟

崖州春妍，望楼河畔，乐罗荣光。汉代州县址，颜贤留美，华人俊杰。博士之乡。喜看今朝，庶民致富，勤俭持家奔小康。高楼耸，绿野禾菽壮，百艳芬芳。

雄儿赴海春江，驰骋九域、攸在四方。好男存志远，励精图治，宏开神笔，争做良将。村史难忘，学风永记，逐代相传百世昌。春常在，故乡风景好，再写篇章。

2022 年 11 月 21 日，载四川省《竹韵巴蜀格律诗词》第 118 期，2023 年 7 月 20 日，载省老干局诗词选。

回乡感作

椰树绕村鱼满塘，东风裁绿抹春妆。
桃红花艳相欢美，燕紫莺黄竞斗芳。
楼阁耸然延月影，小桥流水鸟鸣桑。
峰高日照阳关道，欣看故乡入画堂。

2022年7月9日，载中华诗词学会企工委主编的《商海诗潮》第10期，2023年4月15日，载《人民日报》人民号（高端原创诗词平台）云帆诗会2023第17期。

建党100周年有感

南湖星火耀长空，推倒三山创伟功。
大纛高扬驱虎豹，抗争日寇壮威风。
霹雷巨手雄狮醒，动地惊魂贯彩虹。
实现小康圆梦想，神州百岁万春红。

2021年6月30日载《琼苑》微刊第72期。2021年，载省诗词学会主编《琼苑》诗刊（纸质）第1期。

满江红·颂党百岁抒怀

镰斧旌旗，宏图绘、舵公掌执。怀南湖、为求真理，披荆除棘。三座大山推倒塌，亚洲大国东方立。展拓者、英杰舞雄风，同心力。

彪史册，英明策。筹建树，重开笔。喜科学理论，领航赢必。通埠聚财望远景，开先局赴前挥墨，展未来，社稷艳阳天，全民得。

2021 年 6 月 28 日载《琼苑》微刊第 70 期。2022 年 2月 1 日载《群英诗会》第 417 期。

浣溪沙·读张金英会长《留别吴兄韦兄并致谢忱》奉和

幸得天涯惬意行，驱车一路醉风情。蓝天之下海青青。
鹿苑采风怀古调，凤凰酌酒换新瓶。三杯两盏辨阴晴。

2021 年 1 月 30 日，载《群英诗会》第 212 期。

附张金英会长原玉：

浣溪沙·留别吴兄韦兄并致谢忱

君在天涯约我行，几章诗意几番情。谁从碧水取丹青。
浪漫风随蓝色调，玫瑰花浸酒香瓶。浣溪沙里响空晴。

迎春抒怀

光阴荏苒又逢春，万物轮回焕一新。
暖日迎来梁燕队，东风送走雁鸿尘。
葳蕤杨柳盈芳动，赤裸桃梨吐嫩频。
景色牵眸花也俏，骚人雅兴动诗仁。

2021 年春节，载省《琼苑》专刊，2022 年 2 月 1 日，载《群英诗会》417 期。2022 年 11 月 7 日，载中华诗词企工委《韵海潮声：韦诗赋卷》。

春　晓

曙光初照释心情，鹿苑依稀报晓声。
山海清颜犹出浴，一坡香草恋春英。

2021 年，载省诗词学会主编的《琼苑》诗刊（纸刊）第一期。2021 年 2 月 11 日，载金牛贺岁《英子评诗》第 222 期。2022 年 11 月 7 日，载中华诗词学会企工委主编的《韵海潮声：韦诗赋卷》。

赞喀喇昆仑英烈

河谷悲歌触泪颜，昆仑硝火布香山。
英雄俊烈齐心起，威振神州战鬼顽。

2021 年 1 月 24 日，载《英子评诗》微刊第 23 期。

利国崖州民歌协会成立揭牌致贺

崖歌荟萃喜新泉，艺苑耕耘赖众贤。
望月河楼贻赋颂，南流水墨著诗篇。
太平盛世庶民乐，唤醒初心唱大千。
百载回眸终不负，后生接力再扬鞭。

2021 年 3 月 20 日作。

咏母山咖啡

园绿翠岩岗，芬芳果茗香。
天然滋润下，醇厚赛蜂糖。

2021 年 3 月 23 日作。

赞母山咖啡

结庐寄宿黎母岗，昔日开荒种植忙。
艰苦换来添喜悦，满园春色果飘香。

2021 年 3 月 24 日作。

卜算子·赞母山精品咖啡

翠绿舞清风，馥郁茅庐处。列队春苗插梦田，风雨无能阻。

红润不喧妍，天赐芬芳素。别了晨光乐晚霞，夜寂醇香故。

2021 年 3月 25 日作。2023 年 10 月 1 日，载《大风歌诗友会》第 40 期。

步《在椰城与海南诗友座谈》韵寄周文彰会长

别怀多载又回家，蕉雨椰风百卉花。
君集骚人诗赋事，重弹新韵在天涯。

2021 年 4 月 21 日载《琼苑》微刊第 66 期，2021 年，载省诗词学会主编《琼苑》诗刊（纸刊）第 1 期。2021 年 5 月 9 日，载《英子评诗》第 263期。2022 年 11 月7 日，载中华诗词学会企工委《韵海潮声：韦诗赋卷》。

游尖峰岭

叠云碧岭数尖峰，怪石磷峋衬古松。
旖旅风光栖绿影，古榕葱茏野花彤。
天池雾色丹霞淡，远客流连意甚浓。
独坐瑶台着迷望，峡泉浴沐洗春容。

2022 年 8 月 31 日，载中华诗词学会工委主编的《商海诗潮》第 15 期。

散步吟

阳春细雨意无穷，百卉芬芳也扫空。
唯有庭前松与柏，历时四季雪霜风。

2022 年 1 月 7 日，载中华诗词学会企工委主编的《韵海潮声：韦诗赋卷》。

颂党百岁华诞

南湖建党启航船，社稷黎民焕景天。
英烈虎贲超亘古，驱倭立制忆前贤。
百龄华诞添祯瑞，万众高歌庆舜年。
锦绣江山多壮丽，太平盛世兆丰圆。

2021 年 6 月 15 日载《三亚日报》鹿回头副刊。

“七一”感怀

烟雨锁迷幽，红湖启泛舟。
百年雄士醒，一吼震环球。
华夏披丹绣，蛟龙崛亚洲。
谋新追梦想，黎庶惠千秋。

2021 年 7 月 1 日庆祝建党百年专刊（诗部）《英子评诗》微刊第 28 期，“百年红船礼赞”中华诗词大赛，获特等奖。

悼袁隆平院士

良田躬体沐春风，一世稻粱袁老翁。
米饮香甜惠黎庶，仓高粮满挽英雄。

2021 年 5 月 24 日，载《三亚日报》鹿回头副刊，2021 年 5 月 4 日载中央级媒体《人民资讯》。

华夏悼袁公

禾下乘凉血汗光，庶民碗里米甜香。
奇谋院士仙游去，大地同悲哀乐长。

2021 年 5 月 2 日作。

钓鱼乐

幽谷山湖畔，挥竿三二翁。
休闲垂钓点，绿柳伴微风。
雅兴同鱼跃，心身意未穷。
童筌多稚气，数尾论英雄。

2021 年 9 月 5 日，载全国性《群英诗会》第 89 期，2022 年 11 月 7 日，载中华诗词学会企工委主编的《韵海潮声：韦诗赋卷》。

贺神州十二号载人飞船发射成功

神箭飞龙耀碧天，巡游玉宇谱新篇。
中华儿子三英杰，四海欢颜绮梦圆。

2021 年 6 月 19 日作。

赞椰树

海角椰林绿翠风，雷霆挺立伴青空。
献身玉液酬宾客，爽口欢心润钓翁。

2021 年 7 月 13 日作。

咏母校

百卉芬芳秀校园，小桥流水碧桃妍。
乡音笑逐风情舞，钟响推醒学子眠。

2021 年 7 月 21 日作。

“八一”感怀

八一旌旗血染红，追思威武虎贲功。
唤醒黎庶驱倭冠，寒雪风霜斗蛰熊。
九十四年弹指过，国强恒固业昌隆。
吟诗挥笔歌盛世，科技精兵数俊雄。

2021 年 6 月 19 日作。

赞教师

操舌挥鞭传播士，栽培学子眼中宽。
繁花胜景勤浇灌，艳李秾桃处处欢。

2021 年 10 月 1 日，载《琼苑》微刊 77 期；2021 年 3 月 8 日，载《群英诗会》第 61 期。

鹧鸪天·“八一”感赋

北战南征虎贲军。安邦定国展乾坤。扬文习武英姿展，威壮雄师瑞气纷。

捐热血，爱黎民，援朝抗美五洲欣。驱倭逐匪江山固，卫我中华立大勋。

2021 年 10 月 10 日，载《琼苑》诗刊第 77 期。

荷花赞

湖里青莲露白颜，叶齐犹月碧波环。
冰肌玉质闻今古，翠盖珍珠不染弯。

2021 年 7 月 3 日作。

园丁颂

彤旗映日红，百卉迓东风。
培护千家子，英才万户崇。
蝗馋忧世变，雨打怨天穹。
功德虽无价，青春已秃翁。

2021 年 10 月 10 日，载教师节专刊《英子评诗》第 324 期。

中秋感怀

辛丑中秋月正悬，喜逢建党百周年。
仙姑燕舞讴盛世，玉兔欢歌乐满天。
同道骚人欣聚首，虎贲俊士守巡边。
迢迢祝福表心愿，遥寄相思望日圆。

2021 年 9 月 26 日中秋节，载《三亚日报》鹿回头副刊。

步和林志坚主任雅聚中秋原韵

海角骚人群友圈，中秋正临共婵娟。
心随墨海增风趣，欢聚吟诗雅韵篇。
尘世利名无足惜，举杯畅怀致樽边。
妙龄光景如朝露，岂得今宵乐会圆。

2021 年 10 月 12 日，于三亚茂榕轩大酒楼。

诉衷情·癸卯中秋思忆

中秋佳节醉人间。风雨满山寒。遥望月圆心碎，美梦系家园。

思故去，眺星天。雁声喧。聚欢离合，泪洒楼台，意绕魂牵。

2022 年 9 月 11 日，载中华诗词企工委主编的《商海诗潮》第 16 期，2023 年 9 月 28 日，载《香港诗词》第 525 期，中秋特刊，10 月 3 日，载《中华诗词》天涯共此时（癸卯中秋三）。

赞三位航天英雄凯旋

三位奇才立伟功，睿谋探秘上苍穹。
蓝图大展心坚党，颂祝千秋赞俊雄。

2021 年 10 月 17 日作。

国庆感怀

七十余年社稷昌，神州大地换新装。
箭舟飞舞耀云汉，扶困惠民奔小康。
科技精兵增国力，倡廉反腐溯荣光。
江山一统完宏愿，笙鼓高歌又著章。

2021 年 10 月 1 日，载省诗刊《琼苑》第 80 期。

贺华诞暨《英子评诗》上线二周年

琼岛春妍碧水流，青山翠绿似妆楼。
英才雅韵撰辞赋，骚客高怀诗会酬。
传诵唐人颂华诞，唱随李杜咏千秋。
耕耘二载品佳句，砚笔挥毫逸兴悠。

2021 年 10 月 1 日，载全国性《英子评诗》第 333 期。

庆国庆暨《英子评诗》创刊两周年

神州七十余华诞，举世炎黄共酒觞。
千载江山永坚固，词吟悠唱国繁昌。
同仁雅韵撰辞赋，笙鼓和风韵味长。
英子评诗品佳句，砚池挥墨播芬芳。

2021 年 9 月 29 日作，载全国性《英子评诗》第 333 期。

孟晚舟归国感吟

巾帼英雄孟晚舟，漂洋鬼域似凉秋。
无辜雾罩千冬久，睿智交锋壮一流。

2021 年 9 月 26 日，载《群英同题》“孟晚舟回国”诗词选辑《英子评诗》微刊第 331 期。

《“十四五”时期中华诗词发展规划》感赋

展望唐诗唱导功，骚人墨客吟歌红。
篮图描绘耀千古，华夏追怀李杜风。

2021 年 10 月 12 日作。

赞农民

年幼战山河，朝光织锦罗。
茂林呈绿海，稻穗泛金波。
唤雨赖天少，开荒创业多。
泥沙红脚客，谁不赞锄禾。

载省诗词学会主编《琼苑》诗刊（纸刊）2021 年第 2 期。

人生感怀

笑言人海似云稠，顺逆贫寒莫自愁。
鉴古观今明哲理，胸怀宽广腹良谋。

2021 年 10 月 26 日作。

乡村晨光

远方望旭日，野菜遍地生。
云雾苍穹净，曦光杏苑荣。
幽林听鸟噪，沃土见农耕。
极目楼楼美，炊烟袅袅声。

2021 年 11 月 3 日作。

榕树吟

四季绿常颜，孤身堤上边。
凉风晨复夜，一晃又新年。
终日妖娆景，披装绣锦川。
郁葱根蒂固，巨伞惠民妍。

2021 年 12 月 30 日，载《琼苑》微刊第 84 期。

赏　菊

叶嫩枝枝骨耐寒，金黄袅娜逗人欢。
抱孙观赏兴休逸，呼妇携尊寻慰宽。

2021 年 11 月 18 日作。

咏杏花村酒

杏花村里解人愁，每醉宾朋兴逸悠。
振奋英豪肝胆壮，引来骚客韵风流。

2021 年 11 月 20 日作。

小雪吟

花雪纷飞浸夜寒，老翁独酌惬心宽。
野林雁叫难成寐，良久酒香兴未阑。

2021 年 11 月 22 日作。

咏汾酒

醇厚一汾酒，舒怀至丑时。
人生犹春梦，寻乐更嫌迟。

2021 年 12 月 12日作。

临江仙·元旦感怀

新年钟声天下响，京都圣火嫣红。神州欢庆震长空。喜迎新虎岁，玉宇舞神龙。

古国世誉东方立，中兴勋业心雄。江山一统早成功。潮流谁可挡，壮举趁东风。

2021 年 12 月 25 日作。

虎岁感怀

金牛隐去虎年现，大地回春万物鲜。
社稷庶民歌盛世，环球商贾喜欢天。
江山一统谁能挡，科技腾飞圆梦妍。
描绘宏图康泰路，千秋古国创华篇。

2022 年 1 月 7 日，载《中国诗书画网》。

忆秦娥·贺虎岁

虎年好。鹿城人海春来早。春来早。龙吟虎啸，彩灯高照。

临春岭上鸟儿叫。百花怒放花枝俏。花枝俏。馨香远溢，万家新貌。

2022 年 1 月 30 日，载《琼苑》微刊第 89 期。

贺乐东县诗词学会成立

昌化江边花一枝，骚人荟萃灌浇之。
乐东诗社帆扬起，盛世乘风趁少时。

2022 年 6 月 17 日作。

贺北京冬奥会召开

京华冰雪摆擂台，体道佳儿际会来。
公正竞争圆梦想，空前赛斗万春开。

2022 年 2 月 8 日作。

浣溪沙·虎岁元宵抒怀

虎岁元宵喜笑盈，银光花树耀连城。锦川河畔尽欢腾。

老叟童笙鸣古调，彩灯映照赛群星。神州盛世放光明。

2022 年元宵作。

鹿城风光

椰风雅韵百花妍，海角迷人属自然。
凤畔滨州楼宇靓，洞天奇石耸峰前。
南山秀景九洲慕，鹿女美谈神话传。
琼岛耀姿书不尽，园中桃熟赋新篇。

2022 年 2 月 26 日作。

漫步鹿城

晚步当车享爽风，银灯映照意浓浓。
临春河畔鸣琴调，不夜彩桥横玉龙。
仙女回头山突兀，幽花满目树青葱。
海滨长啸千帆影，亭阁笙歌笑九重。

2022 年 2 月 28 日作，2023 年 7 月 20 日，载省老干局诗词选，2023 年 8 月 25 日，载《群英诗会》第 35 期（总 199 期），10 月 29 日，载《九华采玉》诗词选刊 2023 年第 33 期（总 284 期）。

游南山寺

鳌山葱翠新祠宇，异石艳花多画楼。
佛地神仙明鉴道，身临其境顿忘忧。

2023 年 3 月 3 日作。

北京冬残奥会感怀

残奥京华开，冰姿连四海。
轮椅攻擂台，竞技雄心在。
夺冠猎旗飘，健将生异彩。
文明融世尊，功绩史书载。

2022 年 3 月 6 日作。

散步游早春

初春散漫游，赏景览芳洲。
蝶舞鸟声悦，吟唐宋逸悠。

2022 年 3 月 12 日作。

初春感怀

春晓艳阳天，新芽翠绿连。
双鸳迷恋慕，鱼跃水生烟。
渔艇映清影，余晖雅韵妍。
姐姨嬉稚子，佳味醉翁眠。

2022 年 3 月 13 日作。

赞傲梅

红绿百重衣，暗香杨柳依。
梦思怀玉影，魂爽看芳菲。
惟似融明烛，悠扬人彩帏。
待之花烂漫，笑舞唤春归。

2022 年 3 月 15 日作。

武陵春·新居小花园

春到故家花映绿，细雨洒云山。围子繁枝凋谢残。偏遇倒春寒。

昨夜独酌醉未醒，稚子斗嬉烦。人在尘中外寂然，谁伴乐幽闲。

2022 年 6 月 5 日，载海南省老干局诗词选，2022 年，载省《琼苑》诗刊（纸刊）第 2 期。2023 年 7 月 23 日，载《大风歌诗友会》。

咏　梅

铮铮铁骨不争奇，傲雪冰肌素洁姿。
一任寒霜花烂漫，群英挺立展新枝。

2022 年 3 月 25 日作。

清明扫墓

清明绿草遍山头，远眺茔园映影幽。
寂寂暮云催梦至，蒙蒙细雨伴人愁。
香浮冥纸灰飘去，蜡照碑文泪自流。
忠孝双全今未少，三杯浊酒奠峦丘。

2023 年 4 月 3 日，载海南省老干局诗词选。

鹿城抗疫感吟

一

疫情突兀虐琼岛，天使阳春逆向征。
荡尽阴霾清净日，鹿城美丽海暾升。

二

大白高医驰鹿城，斩除邪疫勇前行。
东风一扫阴霾散，月照天涯分外明。

2022 年，载海南省老干局诗词选，2022 年，载省诗词学会《琼苑》（纸刊）第 2期。

习主席南海阅兵感怀

南海春雷震，虎贲豪气雄。
凌空枭迹绝，碧水鳖途穷。
捍卫江山固，蛟龙慑亚东。
军魂犹如铁，统帅令潮洪。

2022年4月26日，载全国性《英子评诗》第19期（总第129期）；2022年9月，载省《琼苑》诗刊（纸刊）第1期。

习总书记莅临崖州湾科技城视察抒怀

南溟奇甸一州湾，拓展高精科技园。
心抱朝阳培玉种，梦随碧水探能源。
天涯春到今非昔，海角潮生新纪元。
欣看蓝图成胜景，浪淘沙后尽雄浑。

2022年，载省诗词学会《琼苑》诗刊（纸刊）第1期，2022年5月16日，载省老干局诗词选。

南歌子·乐东县诗词学会成立感赋

艺苑开新境，尖峰雅韵香。群英荟萃意绵长。乐邑起航，吟咏李仙煌。

国粹弘承飏，兰章溢梓乡。继宗贤愿焕文光。吉圣骚魂，四代播芬芳。

注：吉圣指清代崖州镜湖村著名诗人吉大文。

2022 年 10 月 1 日，载中华诗词学会企工委主编的《商海诗潮》，第 18 期。

壬寅端午节龙舟赛感怀

壬寅虎岁端阳节，三亚河清赛彩舟。
十八英姿齐集锦，四方健士注拈阄。
一声令下挥牛臂，九骏飞龙斗碧流。
江畔授勋鸣喜炮，老翁少壮放歌游。

2022 年 5 月 20 日作。

浪淘沙·端阳感怀

五月唤端阳。酒兴雄黄。汨罗浪吼粽飘香。追忆屈公忠烈事，触感心伤。

竞技写勋章。击楫高昂。夕晖犹在赛舟忙。鼙鼓震天争桂冠，神彩千觞。

2022 年 6 月 6 日，载《三亚日报》鹿回头副刊。

早春吟

冬尽艳阳天，春花堤上连。
东风山笋茁，季雨紫烟妍。
蜂蝶翩跹舞，鹰飞曲序圆。
农夫备耕事，犁镜去翻田。

2022 年 5 月 25 日作。

祝黄流诗文社建社卅周年感怀

流韵诗花处处生，尖峰郁地舞风旌。
卅年建社含茹苦，万首佳篇颂圣明。
乐水海山挥彩笔，清平盛世聚群英。
琼西李杜沐春色，国粹弘飏吟咏声。

2022 年 6 月 8 日，载《中国作家库》优秀作品展。

山村暮色

林密天先暮，山高鸟倦飞。
悬崖鸣涧水，丛莽掩晴晖。

2022年6月21日，载全国性《群英诗会》第27期（总第137期）。

建党101年华诞抒怀

烟雨锁迷幽，红湖已泛舟。
百年雄士醒，一吼震环球。
华夏披丹绣，蛟龙崛亚洲。
谋新追梦想，黎庶惠千秋。

2022年6月28日，载《中国作家库》优秀作品展。2022年6月29日，载中华诗词学会企工委主编的《商海诗潮》第9期。

[双调·大德歌]“七一”颂党华诞

春风送，赤旗红。俊雄功业忆先公。江山坚固千载颂。圆好梦。国泰庶安唱大同。

2022年6月29日作，2023年7月1日，载省诗词学会《琼苑》癸卯“七一”专辑。

共产党华诞抒怀

迷雾锁中流，南湖启扁舟。
烽烟高节见，风雨寸心酬。
北斗巡千里，蛟龙腾五洲。
百年圆宿梦，黎庶惠春秋。

2022年6月30日，载海南省老干局主编的喜迎二十大颂歌献给党（一）。

南方初夏感吟

野外蝉鸣闹午天，村姑已倦亦收田。
太阳火射林鸦静，歇息犁牛寄水边。

2022 年 6 月 5 日作，2023 年 5 月 11 日，载全国性《群英诗会》19 期（总第 183 期）。

赞玉兰花

寒霜风雨乃英姿，凝玉飘香六簇时。
雾饶烟缭春不老，俊山挺秀一芳枝。

2022 年 7 月 6 日作。

夜钓寻趣

江边绿野正秋祺，心悦偷闲把钓垂。
青草大堤随意坐，微风轻拂爽身之。
百灵争曳来依我，一阵琴声悠忽宜。
惆怅渔翁独斟酒，月光映照小虾湄。

2022年7月13日作。

咏　春

艳阳驱暑去，春色映光融。
田野村夫早，娘姨播种中。

2022年7月12日作。

望山景

按帽望南山，猴儿跳跃闲。
野花崖壁挂，雾绕密林间。
峡树报春早，归舟泊海湾。
峥嵘谁可比，险峰敢登攀。

2022 年 7 日 18 日作。

建军 95 华诞感怀

枪响雷鸣彻碧穹，虎贲众士有豪雄。
涉江踏雪突围困，横扫豺狼映彩虹。
驱逐倭魔军令壮，残除蒋匪筑新嵩。
扬文习武英姿展，卫我中华万载红。

2022 年 7 月 26 日作。

偶 感

闲步文园寻逸趣，琴声雅韵乐优然。
绿林着意依栖在，美景清悠若会仙。

2022 年 7 月 28 日作。

咏芒果树

红紫围成一树圆，碧云映影景幽然。
花开腊月神蜂恋，满目隆春彩蝶缠。

2022 年 7 月 6 日作。

鹧鸪天·赞多省市医疗队驰援三亚抗疫

奥密异株首点燃。疫神侵袭后花园。八方大白逆前行，医祖歧黄齐继援。

寻毒瘴，克时艰。护将鼓勇战妖顽。兰秋巴望云阴散，海角飞花艳碧天。

2022 年 8 月 18 日，载中华诗词学会企工委主编的《商海诗潮》第 14 期。

满江红·望楼村乡贤支援家乡抗疫感怀

兰月家乡，蔓延疫，精诚团结。速支援，逆风前行，气昂声烈。故里兄台危困急，诚虔仁爱忧心血。斩毒魔，医祖施灵丹，驰驱灭。

恭愿者，情尤切，连继日，何曾别。携手上战场，汗水如雪。椰邑购销支助众。匡危扶义人心悦。盼曙光，明日献红花，超群杰。

注：海南乐东县利国镇望楼村是一个4000多人口的自然村。疫情发生后，已有379名乡贤从乐东、三亚、海口等地捐资约21.7万元。8月22日从海口派专人专车采购米、油、疏菜等生活用品运输到村里，免费发放给家乡民众。他们的爱心精神，值得赞扬！

2022年8月25日，载海南省老干局诗词选（四）。

无　题

歌泣映幽光，青蛙乱寂狂。
装聋仍淡定，遮面问元芳。

2022 年 8 月 23 日作。

《黄河诗阵》周年感赋

黄河诗阵荡春风，艺苑繁花墨意浓。
雅聚骚人挥玉笔，弘扬国粹展新容。

2022 年 9 月 3 日，载《黄河诗阵》周年庆祝专辑。

鹊桥仙·赞抗疫雷公马

荒坡野岭，穿林跳跃，秋夜网红天下。疫情侵袭椰乡，雷公现顽躯出马。

悬壶医祖，昂头神战，走巷跨篱潇洒。驱妖疠岂敢关栏，逐民愿，鹿城绿码。

2022 年 9 月 4 日，载海南省老干局诗词选。

水调歌头·壬寅中秋感吟

秋节飘细雨，一片水云间。疫侵玄兔，苍宫迤渐蔚蓝天。

琼岛妖氛溃散，亮剑清零康泰，美景献君前。尝薄皮酥饼，庶子喜开颜。

素娥舞，阖家乐，百花妍。共嬉良愿，海角欢聚闹团圆。

金桂芳香轻拂，临岭鼓琴清脆，行客沁心田。仙鹿含情脉，酌酒约婵娟。

2022 年 9 月 9 日，载海南省老干局主编的中秋诗词专辑。

天使早晨献爱心

晨起吴门众口钦，白衣逆向结情深。
婷婷微笑眸含泪，核检精真献爱心。

2022 年 9 月 3 日作。

《黄河诗阵》周年抒怀

母亲之河起狂澜，滚珠东去入苍茫。
碧波荡漾迷蟾彩，两岸扬花沐艳阳。
千古风骚蕃育地，唐风宋韵百年芳。
诗坛顾兔讴盛世，荟萃词人国粹扬。

2022 年 9 月 5日作。

琼州疫情清零感怀

五峰瘴散翠华丛，南海银波映碧空。
仙苑秧歌招远客，龙湾浴水逗诗翁。
崖州城畔欢声溢，市井楼中生意隆。
笑看清零曙光照，四方宾友沐春风。

2022年9月15日，载海南省老干局诗词选，2022年，载省《琼苑》诗刊（纸刊）第2期。

喜迎二十大召开

虎跃龙翔华夏妍，征途万众着先鞭。
群英笑指拓新宇，盛事欣看描巨篇。
悬鼓催春兴世业，领航有信慰前贤。
江山一统咸期待，昂首雄鸡唱九天。

2022年10日16日，载《中国诗书画网》。

田野吟

眺望沃野荡绿波，科研精管壮青禾。
田畴喜得细新雨，寂夜蛙声丰穗歌。

2021 年 7 月 3 日作。

壬寅国庆寄怀

极目金秋桂菊丛，江山绵绣荡春风。
长龙盘错绕琼岛，神箭凌云耀月空。
黎庶盛装展美丽，崖州湾畔业熙隆。
万民华诞同欢庆，赤帜飘飏社稷红。

2022 年 9 月 20 日作。

国庆随感

金秋赤县景辉煌，春霁江山犹画廊。
高铁盘旋腾五岳，巨龙雄镇崛东方。
航母深探防疆固，神箭穿云入碧苍。
骏马豪骧圆梦想，地球村里任遨翔。

2022 年 10 月 1 日，载《黄河诗阵》，2023 年 10 月 1 日，载《代雨东诗社》七十四载换人间，我与祖国同笑颜。

偶　感

炎夏蝉鸣树，蛙声细雨狂。
萤飞犹彩蝶，蛐曲更凄凉。

2022 年 9 月 28 日作。

重阳抒怀

南山胜迹古今传，奇石群灵景色妍。
重九结缘仙府境，吟诗拔墨洞天泉。

2022年10月3日，载《中华诗赋海南微刊》第3期。

夜游宫·喜迎党二十大召开

社稷东方崛起。金风爽、山河叠翠。国强长安庶子醉。城乡靓，百花香，万川美。

华诞盈盈喜。亿万众、人人如意。高铁航天寰球最。圆梦想，疾蹄奋，献大礼。

2022年10月1日，载《海南农垦报》，10月2日，载甘肃省《黄河诗阵》第62期。

浣溪沙·咏棉花

洁白自高列夏花。荒芜碧野洒云霞。寒冬处处数奇葩。

花放没人来赞美，棉纱优质犹桑麻。衣被棉絮暖千家。

2022 年 10 月 14 日，载《中华诗赋海南微刊》第 4期。2023 年 5 月 21 日，载《大风歌诗友会》2023 年第 21 期。

木棉赞

赤膊风寒傲气骄，椰乡炎夏半天烧。
英雄树有青云志，野外红光犹火苗。

2022 年 11 月 15 日，载《群英诗会》第 48 期（总第 158 期）。

向行长鹿城履职感吟

三年昼夜度春秋，算略声华壮志酬。
敬慎汗珠无悔怨，继程垂范竞风流。
光荣岗位金融业，为国守财非所求。
一笑偷闲寻里乐，勤诚廉正善和谋。

2022 年 10 月 17 日作。

聆听党二十大报告感吟

（折腰体）

盛会听宣讲，雄词献衷肠。
十年书伟绩，赤县启新航。
蹄奋千重岭，圆成万锦章。
金言照肝胆，宏略震东方。

2022 年 10 月 24 日，载海南省老干局颂党二十大诗词选，2022 年，载省诗词学会《琼苑》诗刊（纸刊）第 2 期。

水调歌头·二十大精神乐农家

眺望村河美，两岸果花香。高楼骈立，横纵街巷是村庄。荫下邻家几个，谈古说今情悦，水沸沏茶忙。畅谈三农事，深感党恩长。

二十大，施宏略，励万乡。细寻金句，复兴宿梦赋雄章。稻穗丰收漫野，物阜盈余业盛，致富有良方。百姓庭中乐，乡野尽呈祥。

2022 年 11 月 6 日，载海南省老干局诗词选。

蝶恋花·游南山

海角风光皆可赋。笑对南山，留影观音处。欲拜神仙寻福主。椰风海韵人无数。

追惜家山幽院睹。信步乡途，心绪无能住。疲倦只身寻世路。悠悠惬意随风度。

2022年11月14日，载四川省《竹韵巴蜀格律诗词》117期（蝶恋花专辑）。2023年9月15日，载《九华鉴玉》诗词选刊2023年第26期佳作选评：

王力点评：平常游冶，不平常之思绪。虽疲倦，犹有惬意随风度，岂非人生之积极心态乎！作者诗途无限，又为编辑，更当大有可为。

王力系中华诗词学会会员，内蒙古诗词学会教工委特聘专家。作品发表于《中华诗词》、《中华辞赋》、《中国文艺家》、《星星诗刊》等，诗词联在全国均有获奖，第五届诗词中国一等奖获得者，有作品刻石。

阆中古城感吟

嘉陵江色秀，曲岸若长虹。
阆苑犹仙境，品茶挥墨翁。

2022 年 11 月 21 日作。

浣溪沙·寒露

海角辞青意未凉，眺望南粤送秋光。晚凄萧散别情伤。

闲步丛林烟翠望，同窗酒会斗茶强。月低吟露落花黄。

2023 年 9 月 27 日作，10 月 8 日，载《大风歌诗友会》第四十二期。

浣溪沙·莺歌海盐场抒怀

莺海雪花浴彩霞。自然宝藏遍天涯。绿波晶矿展芳华。

餐饭匀调君是首，佳肴美味众人夸。海盐兴业惠千家。

2022 年 12 月 2 日，载《黄河诗阵》第 69 期，2023 年 4 月 16 日，载《大风歌诗友会》第 6 期。

题天池三鹅图

瑶池湖上眺三鹅，雍沛嬉嬉唱爱歌。
碧水艳花妆绿岸，相随依倚戏秋波。

2022 年 12 月 12 日作。

国家今日公祭志怀

凡间诉断肠，冤魄受灾殃。
借问因何故，倭夷更著狂。
江河皆血泪，国耻岂能忘。
华夏东方立，复兴圆梦飏。

2022年12月15日，载中华诗词企工委主编的《商海诗潮》（勿忘国耻）国家公祭日作品选刊。

吟燕子

成对语陪伴，双飞天地间。
世尘怀旧主，秋去又春还。

2022年12月21日作。

欢度元旦

岁月更新辞旧岁，江山绵锈荡春风。
盛年华诞喜洋溢，赤帜飘扬社稷红。

2022 年 12 月 27 日作。

学书法

观池挥墨织芳华，腕转含毫绣彩霞。
学不止骄扬国粹，笔风逸韵绽春花。

2022 年 12 月 28 日作。

马　吟

千里显英雄，兵挥一概通。
独居牛舍夜，卫国立丰功。

2022 年 12 月 29 日作。

蝶恋花·癸卯新春感怀

癸卯新春燃炮竹。噼哩哗啦，辞旧迎新局。百卉飘香赐鸿福。香茶美酒宗昭穆。

丰盛佳节多粱肉。恭祝团圆，望兔年成熟。童放烟花邀戏逐。老翁只把来年属。

2023年1月21日，载《黄河诗阵》2023年第2期，同日载《琼苑》第117期，省老干局拜大年诗词选。

福满年夜饭

银树交辉若画廊，楹联红艳耀厅堂。
天人顺遂团圆饭，合府笑盈齐举觞。
琼液佳肴心合众，中华百味任君尝。
城乡巨变讴盛世，鹊叫梅开著乐章。

2022年1月10日作。

浣溪沙·盛世元宵

火树千光喜笑盈。银灯花艳耀乡城。管弦声动庆欢腾。

炮竹频传声震耳，元宵有约赛群星。滨纷五彩放光明。

2023 年 2 月 4 日，载海南省老干局诗词选，4 月 5 日载中华诗词学会企工委主编的《商海诗潮》元宵诗会专辑。

立　春

朝阳初露醒心声，四面密林鸡报鸣。
漫野春光歌不尽，欣怡遍地故乡情。

2023 年 2 月 1 日作。

观元宵灯会感吟

灯树千光映月圆，百花吐艳怒呈妍。
彩车异瑞入迷望，老叟笙歌乐未眠。
夜景融融人似玉，俊男少女暗萦牵。
琼南椰韵春风暖，佳境芳筵幸福年。

2023年2月3日，载《黄河诗阵》第3期，（总第107）期。

二月二漫兴

龙抬头日万山行，曙景相闻白鹭声。
玉兔跳栏芳草绿，踏青高岭好心情。

2023年2月27日作。

沁园春·崖州春早

崖州春妍，生机盎然，翠绿无边。看五峰秀色，百花梢露，万泉河畔，碧水银澜。玉树高楼，一春风景，学子辰光读圣贤。大东海，靓女嬉戏水，佳境云间。

庶民富足年年。喜盛世，脱贫惠万千。老乡通新路，铁龙盘错，果园飘溢，金穗良田。庭院花香，六牲成列，黎子欢歌尧舜天。农家乐，有佳肴美酒，再写新篇。

2023年3月2日，载《黄河诗阵》第6期总第110期。

玉兔吟

耳聪腿短隐林中，意气顽皮穿百丛。
生不它求惟绿草，机灵安保夕阳红。

2023年2月17日作。

鹧鸪天·春吟

万泉河已绿波翻。草花争发艳阳天。琼崖到处萌春意，五指遥看袅翠烟。

携美酒，坐青毡，一斟一酌那曾眠。夕阳西下鸥飞起，宛转声中过客船。

2023年2月28日，载中华诗词学会企工委主编的《商海诗潮》第24期；3月16日，载《群英诗会》2023年第11期(总175期)。

惊蛰吟

五峰拂晓响声雷，蛰户花园向日开。
南海波涛吹烛灭，飘飘急雨打窗来。

2023年2月23日作。

卜算子·春雨

春归百卉妍，三角梅开笑。瓜果飘香蝶唱鸣，风景崖州俏。

放眼亚龙湾，碧海斜阳照。鱼满千仓笑语浓，落日红霞耀。

2023 年 3 月 11 日，载《黄河诗阵》2023 年第 8 期。4 月 23日，载《大风歌诗友会》2023 年第 17 期。

咏　春

五峰秀色醉花容，万壑碧泉春意浓。
海角天涯云伴月，风和细雨惠三农。

2023 年 2 月 26 日作。

渔家傲·颂雷锋为民服务队

久旱欣逢春风雨。城乡鼓角欢歌舞。又见雷锋扶助处。怡心语。精神永驻长留住。

扶老济危温语素。为民服务真情愫。气魄永怀无定所。心如故。风霜来也风霜去。

2023 年 3 月 7 日，载《琼苑》微刊 120 期。3 月 15 日，载中华诗词学会企工委主编的《商海诗潮》第 25 期。

江城子·画贪官污吏

在堂权势好风光。坐官场。载名芳。光彩耀威、金币进私囊。身世显荣心好色，前程广，锦还乡。

讫今堕落入高墙。日惊惶。夜凄凉。欲死求生、枉费己思量。今日警车包棰到，枷镣响，坐囚房。

2023 年 3 月 5 日作。

沁园春·梅西村纪行

梅西春妍，牛头岭麓，瓜果飘香。社稷名村镇，路灯如镜，管靴煤气，生态之乡。喜看今朝，村民致富，精巧勤劳奔小康。高楼耸，南繁禾菽壮，百艳芬芳。

众家多种招商，民宿发展，来客四方。锦袋蒸蒸上。悦心庭院，盆池异卉，农社书堂。革命红区，捷书频报，逐代相传百世昌。南端靓，海角春来早，再写新章。

2023 年 3 月 20 日，载《三亚日报》，4 月 14 日，载中华诗词学会企工委主编的《商海诗潮》第 27 期。2023 年 9 月 21 日，载《新田园诗词》。

春 分

南方山海艳翻新，百卉芬芳笑日熏。
鸡唱报时村热闹，莺鸣柳岸唤春分。

2023 年 3 月 21 日，载《中国词网》二十四节气春分：昼夜场而赛日暑平。

咏 夏

炎热值当空，高阳似火烘。
山川原野爽，繁树享南风。

2023 年 3 月 4 日作。

风扇吟

弯钩劲莫松，消热显神通。
炎夏人尤爱，凉风醉媪翁。
冬来成隐士，重遇电钳工。
科技空调至，降居草舍中。

2023 年 3 月 24 日作。

浣溪沙·清明忆先慈

扫墓时来感慨深。犹伤先妣逝归阴。泪流红烛寄凡心。

义孝反躬看子辈，羊羔跪乳诉乡音。惟兮慈训梦追寻。

2023 年 4 月 3 日，载海南省老干局诗词选。2023 年 3 月 21 日，载中华诗词学会企工委主编的《商海诗潮》第 26 期。

虞美人·咏青松

娉娉挺立高峰上。任尔狂风荡。骚人墨客着诗描。笑怒风光分外、景妖娆。争春万木惟君俏。凝入云霄傲。愿甘柯叶展风霜。化作琼楼玉宇、在青苍。

2023年4月28日，载《黄河诗阵》第17期总第121期。

一剪梅·吟三角梅

嫩绿风吹楼阁娇，阳光灿灿，春意梅飘。吐花扬溢拒虫雕。怒放芳苞，独领风骚。

琼地开花繁盛娆，红透枝头，绿漫庭蒿。一年四季鹿城骄，日晒妖姿，风雨徒劳。

2023年3月29日作。2023年5月23日，载甘肃省《黄河诗阵》2023年第14期（总第118期），2023年5月15日，载香港《诗词中国》。

咏芒果树

山岗树树鲜，荫下赏幽然。
花发闲蜂恋，果垂游蝶翩。
金黄堪比艳，苍翠竞争妍。
四季青常在，清香洒满天。

2023 年 4 月 20 日，载海南省老干局诗词选，2023 年 9 月 8 日，载《百味诗词》第 44 期（总第 127 期）。

柳梢青·竹吟

暴风肆虐。斜林青翠，春来寥廓。笋发丰生，腹空宏度，凌空栖泊。

英姿俊爽坚贞，数间草屋连云岳。一水清风，四时叶茂，喜盈鹰鹤。

2023 年 4 月 28 日，载中华诗词学会企工委主编的《商海诗潮》第 28 期。

故乡漫步

夕阳散步走村东，田野风光爽快风。
瓜果吊蓝圆盖绿，角梅繁盛笑天红。
高楼耸立装璜靓，庭院炊烟映碧空。
同道喜逢杯酒乐，内人稚子自娱翁。

2023年4月13日作。

赞城市美容师

鸡叫三更西又东，严寒酷暑透心融。
脚丫蓝布清楼道，披月常时迎夏风。
勤恳忠言斯敬业，工装随处伴尘中。
汗珠换取眉头畅，城市新妆记首功。

2023年4月21日老家作，2023年7月8日，载香港《诗雅香江》，7月9日，载《风采中华名师汇》。

菩萨蛮·五一畅游

爷孙抱笑还乡往。畅游碧海渔舟上。旅逸闹喧哄。稚儿戏水龙。

小姨村叟敬。信步喜相迎。佳味醉醇浓。同窗乐饮融。

2023 年 4 月 22 日老家作。

念奴娇·五四感怀

春秋百载，逝光阴如月，英烈功构。赤子丹心捐华夏，血染旌旗奇秀。讨帝反封，九洲立异，齐力残除旧。铮铮风骨，换来千岁成就。

激励后继英贤，前生后续，雄心高飞鹫。马列真诚开玉宇，推倒三山亡走。建立共和，振兴京国，铁打江山久。同心描绘，万年河海红绣。

2023 年 4 月 30 日，载海南省老干局诗词选。

临江仙·聆听张金英老师诗词讲座

最爱诗歌千行唱，咏诗伉健悠方。琢磨评释播新彰。妙言藏远赋，传授李苏香。

骚客高怀词会慷，扬鞭文海群芳。椰乡翠绿赖金梁。清风咏二宋，高足沐朝阳。

2023 年 5 月 1 日作，载《黄河诗阵》，2023 年第 13 期总 117 期。2023 年 5 月 23 日，载省《琼苑》微刊 125 期。

聆听潘泓教授诗词讲座感赋

思怀吟笔荡春风，挥领诗词立圣雄。
莅临天涯飏国粹，骚人伉健韵逾融。
鹿城秀景精神爽，琢释千章意未穷。
幸得方家新雨露，门生犹获雁偕鸿。

2023 年 5 月 22 日，载省诗词学会《琼苑》微刊 125 期，2023 年 7 月 7 日，载中华诗词学会企工委主编的《商海诗潮》第 31 期。

咏慈母爱

怀胎十月生，乳水唤儿声。
肩瘦担家责，常年起五更。
含辛催白鬓，德厚誉芳名。
报答母恩重，胸中忆育情。

2023 年母亲节作。2023 年 5 月 14 日，载香港《香江论坛》感恩母亲第 705 期。

诉衷情·重阳抒怀

天涯岁岁溢清香，今旦又重阳。江山远眺如画，秋色发春光。

人未老，意轩昂，寿增堂。逸悠暸望，国泰民安，身体逾刚。

2023 年 5 月 24 日作。

鹧鸪天·退休感吟

平生坦荡意气轩。名声功禄淡风烟。艺坛读画湖山会，高阁挥毫天地宽。

徒叹逝，惜当前。哼哼李杜度余年。遨游书海无穷乐，巴望安平带笑还。

2023 年 5 月 7 日作。5 月 30 日，载省老干局诗词选，2023 年 8 月 25 日，载《风采中华名师汇》第 480 期，2023 年 9 月 17 日，载《大风歌诗友会》第 27 期。

休闲寻趣

休暇乐悠悠，江山望里收。
养花留艳影，哼唱赞芳猷。
小院培新土，挥毫浣旧愁。
晚霞陪岸竹，窗雨信天游。

2023 年 5 月 30 日作。

鹧鸪天·咏夏

琼崖翠绿树遮荫。彤云暖日敞衣襟。五峰挺秀百花笑，黄雀清音鸣密林。

淋冷浴，茗闲心。鹿山深处觅知音。赖依笙笛幽寥寂，俊士仙姑听抚琴。

2023 年 5 月 30 日作，5 月 24 日，载《黄河诗阵》，2023 年 8 月 31 日，载省诗词学会《琼苑》第 135 期。

休闲漫咏

闲居少暇时，起早夜眠迟。
细雨栽花草，秋明咏好诗。

2023 年 5 月 31 日作。

咏竹园

楼台青满园，迎夏翠含烟。
闲暇寻三友，遨游拜圣贤。
傲霜持劲节，破土立山川。
枯叶不争艳，惟诚作锦笺。

2023年5月31日作，6月8日，载《群英诗会》2023年第23期（总第187期），2023年载《大风歌听名家诗评》第26期（总第160期）。

英子点评：咏竹之作难以出新，大都表现竹的虚心劲节，且熟语旧典居多。此律亦是难脱窠臼，前六句皆无新意，然句式相对灵动，救了一笔。尾联虽然收得较紧，却是出新之处，从竹子的用处写之，道出竹子淡泊的情怀，可读可赏也。

点评老师：张金英，女，粤人居琼，70后，网名南国英子。倾心诗词创作与评论，创办《群英诗会》、《英子评诗》公众平台。现为中华诗词学会理事、中华诗词学会评论委员会副主任、中华诗词教育培训中心高级研修班导师，海南省诗词学会副会长兼《琼苑》执行主编、《儋州文苑》主编。

芒　种

梅雨飘飘适可耕，村翁芒种此时晴。
肥田先插南繁稻，良苦将屯精米成。

2023年6月2日作。2023年6月6日，载中华诗词学会企工委《中国词网》。

鹧鸪天·忆童年

童趣河沟戏水中。爬墙摘果更从容。骑牛掏鸟堪为乐，挖菜叉鱼总是空。

寻梦远，记情浓。当年滋味与谁同。而今休暇哼唐宋，邀友倾壶对雨风。

2023年6月3日作，6月6日，载《中国词网》，2023年7月2日，载《人民日报》人民号。

卜算子·六一感怀

鲜花朵朵开，豆蔻欢歌到。笑语盈盈笙鼓响，展翅雄鹰俏。

贤孙立壮言，六月无邪报。苗寨秧歌真精彩，奶奶爷爷笑。

2023 年 6 月 4 日作。

水库吟

岩壁锁山川，平湖似镜涟。
银波连万户，玉带绕千田。

2023 年 6 月 4 日作。

劝　学

韶年怨父严，利诱两相兼。
劝子时时学，成龙日日添。
篇篇耕不缀，诗卷诵何嫌。
今晓先慈训，辛勤老大甜。

2023 年 6 月 5 日作。

浣溪沙·咏对弈

常习对弈若出征。双尖交战夺赢争。攻城必备虎贲兵。

精彩定踪抽马进，妙芳回合击攻勍。干戈决胜立奇祯。

2023 年 6 月 5 日作，7 月 10 日，载香港《诗雅香江》2023 年第 720 期。

桂殿秋·祝学子圆梦

披晓月，喜迎春。十年雨窗熬昏晨。
高气逐赶寻征路，折桂蟾宫鹤梦人。

2023 年 6 月 8 日作。

鹧鸪天·高考

十年寒窗守孤灯。春来秋雨岂安宁。争分夺秒题书海，济世修身学业成。

园丁语，至诚声。书香可助锦程能。蟾宫折桂原何处，金榜题名喜泪盈。

2023 年 6 月 15 日，载中华诗词学会企工委主编的《商海诗潮》第 30 期，6 月 18 日，载内蒙古《西辽河畔》。

学子高考

数载寒窗守夜灯，春来秋雨岂安宁。
争分夺秘攻书海，金榜题名故里馨。

2023年6月10日作，6月12日，载《群英诗会》（高考专刊）2023年第24期（总第188期）。

父亲节忆父

世人莫蹉跎，艰辛不负汝。
严慈常训言，追慕忆温语。

2023年6月13日作。

鹧鸪天·梦严父

忆汝拎药箱串村，悬壶济世惠乡亲。朝来座诊治患者，风雨随行病疾门。

家支柱，累心身。谆谆教子免伤神。春来冬夏添银发，晚慕庭中嬉子孙。

2023 年 6 月 11 日作。

父亲节感吟

世间烟火人为情，先父如山杳渺声。
慈念音容难尽孝，夜呼其汝梦魂清。

2023 年 6 月 15 日作。

卜算子·“科技诗词工委”周年颂

诗苑周年庆，万物骚人颂。华夏功名传捷报，江海春花拥。创新出凤凰，航母安民众。高铁飞奔李杜彰，月挂圆甜梦。

2023 年 6 月 26 日，载中华诗联《天涯诗苑》2023 年第 5 期。

喜迁莺·小暑

梅雨歇，晚风和。田野乱蛙多。凤凰岛畔荡微波。池苑赏青荷。椰林阴，榕树扇。品茗闲情小院。吟诗作赋又明天。心静若神仙。

2023 年 7 月 7 日，载《中国词网》，7 月 9 日，载《大风歌诗友会》，7 月 8 日，载《香港诗词》。

浣溪沙·拜谒东坡居士

谪贬儋阳鬓已霜。施恩黎庶忘沧桑。诗香韵海播椰乡。

笠屐三年情不倦，诗文千载德流芳。心安处处是家江。

2023年7月16日，载《琼苑》第132期，8月13日，载《大风歌诗友会》2023年第33期。

鹊桥仙·大暑

密林消暑，草庐遮雨，夜寂熏蒸风渡。木石栖憩品茗香，星斗望，静心文苑处。

桐阴偶会，村童牧笛，姑妹秧歌笑语。酒家良友对酌香，严暑苦旱，醒眠宿露。

2023年7月23日，载《中国诗网》，7月26日，载香港《诗雅香江》。

望海潮·游东坡书院怀苏翁

桄榔浓绿，文园亭榭，东坡书院名驰。幽雅义彰，骚人景显，坡翁荷藕瑰奇。庑下座东西。载酒堂风韵，古井斜晖。诗韵盈饶，寻佳境饱览青漪。

共鸣坡老书诗。汝奇才可数，雄略遭围。平素百忧，前程险阻，常谈善策邪非。政界不逢时。赍平新功业，惠及群黎。旷世诗文巨子，豪气永名垂。

2023 年 7 月 24 日，载省老干局诗词选，9 月 1 日，载《黄河诗阵》2023 年第 27 期，2023 年 8 月 13 日，载《大风歌诗友会》第 33 期。

八月吟

时逢桂月初，秋意鹿山舒。
翠绿凉风爽，骚人品茗庐。

2023 年 7 月 18 日作。

重叠金·立秋

天涯西陆榕林扇。妙龄酣寝传悠怨。鹿苑半窗凉。休闲品茗香。

五峰青翠竹。琴韵黎庐宿。好景五更钟。老牛寄水桐。

2023 年 8 月 7 日，载《风采中华诗词》第 463 期，8 月 9 日载香港《诗雅香江》癸卯立秋特刊。

游大小洞天

重返鳌山赏翠烟，珠崖雄峙百花妍。
毛仙落笔留千古，海角盛名窥有天。
异洞奇峰多暇景，碧波荡漾似飞泉。
渔舟远影沐潮霞，岩石嶙峋属自然。

2023年8月31日，载省老干局诗词选。

浣溪沙·游大小洞天感怀

洞壑海天绿翠连。千姿百态弄云烟。南山寿谷怪岩悬。

雄峙奇瑰岚彩画，似蹲犹卧百鸣蝉。幽怀苍壁得仙缘。

2023年8月27日，载《大风歌诗友会》第35期。

祝贺《香港诗词曲赋》创刊

香江碧水沐春风，诗社繁花墨意浓。
雅聚骚坛挥玉笔，弘飏国粹展新容。

2023年8月9日作。

浣溪沙·处暑

处暑珠崖炎逐消。万泉碧水荡逍遥。鹿园赏静奏笙箫。

五指翠华神女俏，惊秋爽气品茶寮。壁崖山涧架仙桥。

2023年8月23日，载《词网》，8月26日，载《香港诗词》第509期。

贺采薇诗社百期刊

采薇诗社沐春风，艺苑繁花墨意融。
吟咏数秋辉史册，同君雅韵赋长空。
百期胜赏笔端现，丽句锦章思杜翁。
荟萃骚坛讴盛世，弘飏国粹立新功。

2023 年 8 月 21 日，载风采中华十六诗社‖百名诗人贺采薇诗社 100 期‖总第 477 期。

行香子·七夕吟

一叶知秋，孤悄梧桐。七夕到迢暮愁浓。天涯情恋，寻偶千重。夜寐醒眠，若浮影，梦魂中。

银河鹊渡，仙桥欢聚，喜相逢久别情融。牛郎织女，缱绻酣梦。玉洁心连，叙夙愿，沐春风。

2023 年，8 月 21 日，载《香港诗词》第 506 期（七夕特刊），9 月 6 日，载中华诗词企工委主编的《商海诗潮》第 35 期。

七夕寄怀

七夕佳期鹊渡连，巴望伴侣喜团圆。
别离数载空床卧，两地分居岂入眠。
路杳迢遥山水阻，礼书快递满霜天。
老翁缠扰难相约，电话微信蜜语传。

2023 年 8 月 20 日，载风采中华‖十六大诗社七夕合刊‖第 476 期。

浣溪沙·中元节感吟

洒泪仲秋又中元。纵然偶遇尔无言。慈严恩泽述难完。

反哺育情重泰岳，家风美德世相传。贡茶牲酒痛连绵。

2023 年 9 月 3 日，载香港《诗雅香江》第 734 期，癸卯中元节特刊。

南柯子·白露吟

海角沧茫浩，银波旋白沙。故山孤月度年华。频起台风烟雨、荡天涯。

秋露凉风爽，斜晖映彩霞。鹿园残落凤凰花。久坐虚闲连、斯世品凉茶。

2023年9月3日，载《大风歌诗友会》2023第36期，9月9日，载香港《诗雅香江》癸卯（白露）特刊。

游亚龙湾

南海龙王亚一湾，碧波茫渺万重宽。
宾朋夕照沐春色，绿水平沙白鹭欢。
百卉清香凉气爽，天涯冬季未生寒。
再游鹿苑神仙地，幽逸温泉胜大餐。

2023年9月4日作。

满庭芳·走进天行森林公园

青绿葱茏，翠华多彩，密林异艳参天。温存植物，望艺苑流泉。沉恋鼻箫松竹，眺碧海、袅袅苍烟。寻芳迹，童儿耍戏，虹霓映花园。

遐观秧鼓舞，暇闲信步，四季无寒。椰风海韵，黎庶闹团圆。水上移舟妙趣，微风起，俊逸人间。幽栖晃荡，欣娱晚景，胜似在仙山。

2023 年 9 月 8 日，载《风采中华名师汇》第 495 期集绵。

八声甘州·祀祭毛公山

保国山峰祭祀君前，缅怀泽东翁。马列寻真谛，文韬武略，笔底生风。山色奇祯连蔓，伟貌映长空。卧听升平世，潇洒颜容。

琼岛海天灵应，碧波腾巨浪，五指苍松。庇佑黎汉庶，昌盛九州同。谱光照、恩辉万代，壮国威、华夏杜鹃红。从中笑、挺然傲立，盖世鸿功。

2023 年 9 月 10 日，载香港《诗雅香江》第 738 期（缅怀毛泽东）特刊，2023 年 9 月 16 日，载省老干局诗词选。

点绛唇·秋分

凉爽秋分，椰乡海韵微风软。海滨光满。百卉飘香远。

品茗宽心，鹿苑秧歌管。坐瑶馆。夕阳依恋。月影银灯灿。

2023年9月17日作。2023年9月24日，载《中国词网》二十四节气‖秋分：昼夜均而寒暑平。9月23日，载《香港诗词》第522期，9月24日，载《大风歌诗友会》2023年第39期。

楹联

琼地文明花似锦
海棠绮丽色生辉

五指巍峨连碧汉
百花绮丽集春光

天涯胶树千秋翠
海角椰风四季春

1989 年 1 月 19 日，载《海南农垦报》南国珍珠副刊。

海角林渔齐跃马
天涯农牧共争春

1991 年 1 月 19 日，载《海南日报》椰风副刊。

浩荡椰风歌盛世
悠扬海韵播春声

奇石耸然寻胜迹
丰饶琼岛玉珠联

政策放宽年丰物阜
党风端正国泰民安

少说空话大话假话
多做好事实事真事

1991 年 2 月 9 日，载《海南日报》椰风副刊。

龙舟竞技莫忘楚风雅韵
诗台感怀追思屈公先贤

壬寅逢端午保艾忆屈子
赤县中天节依蒲祭圣人

高阁彩霞彭泽里
玉树诗赋伴宜楼

新春彩灯楼阁灿玉兔
华堂辉映银树喜金蟾

千城银花火树逐彩影
万户紫气丹光伴酒香

多项经营千山普种摇钱树
精心劳作万户齐栽致富花

1990 年 1 月 21 日，载《海南日报》椰风副刊。

村教早四邻开垫授人点化南荒千家子
乡风扬百里设商交友招来北域万贯翁
（拟撰望楼村门联）

望里晓村史人文逐代扬国粹
楼中藏河历育胄恒年见天恩
(拟撰望楼村门联)

后汉显村威乐翻史典知府择置新县址
民国香美墨罗列人才巨儒颜贤老家乡
(似撰乐罗村门联)

锦绣江山望楼河畔存古迹
风流人物文化之乡看今朝

承前启后望楼河畔披锦绣
继往开来文化之乡倍风流

心静忧少清于玉
佳语益多淡似仙

祥云捧日接紫气
玉树临风喜盈门

朵朵腊梅春簇锦
飘飘瑞雪月增华

户外竹琴千古韵
村前野草映红花

彩车异瑞入迷望
老叟笙歌讴太平

更喜农家岁丰熟
新村乐事韵无穷

独坐瑶台着迷望
峡谷沐浴洗春容

河畔柳阴垂小钓
趣看白鹭逗平沙

焕然犹若中天日
欣看家山胜画廊

雾绕丘陵青壁汉
草欣花喜弄云烟

浪蝶含香游逸境
夕晖斜照翠华妍

欣看蓝图成胜景
浪淘沙后尽雄浑

佳景余晖游玉苑
千帆逐月棹歌声

挑红菊艳传花信
燕紫莺黄逐草芳

旖旎风光栖绿影
古榕葱笼野花彤

寂寂暮云催梦至
蒙蒙细雨伴人愁

野外寻秋心得意
山中采茗菊争雄

雅聚骚人挥玉笔
弘飏国粹展新容

心抱朝阳培玉种
梦随碧水探能源

瘟瘴渐除云正散
崖州璀璨碧穹明

候鸟艺人鸣古调
亭台行客舞风情

忠孝双全今未少
三杯浊酒奠峦丘

且看悬壶施妙术
又闻携手报芳声

江山一统咸期待
昂首雄鸡唱九天

元令国运昌隆春光照万代
旦辉伟业腾达气概炳千秋

周公勤政伟绩千秋垂史册
总理楷模骨灰一把洒神州

歌词

望楼村可爱的家乡

（歌词）

美丽古老的望楼村，
你是我可爱的家乡。
你历史悠久，文化底蕴厚，
崖州志赞你是文明村庄。

望楼村创办最早（望江）学堂，
莘莘学子慕名荟萃，
辛勤园丁精心培养，
桃李满天下，美名扬。
望楼村历来是经贸区，
农工商并举，百业兴旺。
银行、药材、百货还有综合经营者……
村民勤劳致富、建造鳞次栉比的楼群一行行。

古老的望楼村，再看今朝，
村容村貌一片新气象。
人人遵纪守法，文明讲礼让，
古老可爱的家乡，繁荣兴旺。

2022 年 3 月 1 日，载腾讯视频歌曲一首。韦诗赋作词、符天际作曲、冯伟演唱。2023 年 5 月 6 日，载香港《诗词中国》。

唱不完三亚美

（歌词）

美丽的三亚，
碧蓝蓝的天空。
多姿的云彩，
凉爽的海韵椰风。

美丽的三亚，
一年四季不隆冬。
靓丽的亚龙湾，
东海浴场最从容。

美丽的三亚，
黎苗同胞的风情浓。
欢快的竹竿舞，
五彩缤纷的黎锦最艳红。

美丽的三亚，
南山的不老松。
神州的第一泉，
鹿城无眠的夜彩虹。

美丽的三亚，
南繁育种稻菽丰。
最鲜的果菜，
南运北调生意隆。

美丽的三亚，
国事活动的礼炮已鸣响天宫。
世姐天涯展英姿，
奥运圣火境内传扬中。

美丽的三亚，
二元人民币好珍藏，四海流通。
百年电影节在这里庆典，
天涯丰饶举世崇。

美丽的三亚，
风景如画，逗得顽童、老翁喜乐融融。
环球人们向往你，
你的美名四海咏。

2021 年 6 月 23 日，载《三亚晨报》文艺副刊。

山荣农场之歌

(歌词)

一

昌化江畔，猴子山下万顷胶园郁郁葱葱，
我们用豪迈战歌赶走荒凉；
我们靠勤劳双手织造锦裳。
风华正茂，
团结拼博，
艰苦创业，
大展宏图，
啊！山荣，山山晶莹，你象闪闪明星，大有希望。
我们一天比一天美好起来，前途无量——前途无量。

二

尖峰岭下，南坝河边，苍翠乔木林海茫茫。
真是大有作为的好地方。
我们奉献精力，谱写新章。
多种经营，
百业并举，

求实开拓，
改革奋进，
啊！山荣，山山晶莹，你象展翅雏鹰，大有希望。
我们一年比一年美好起来，前途无量——前途无量。

1992年2月3日作。

家和万事兴

（歌词）

一

当今家庭，
多数七八人组合。
一家人好好过日子，幸福快乐多。

爸爸、妈妈，
家庭经济来源，
天天挣钱养家，
孙子努力学好每一科。
爷爷奶奶料理家务，
日子过得快快乐乐。

日子过久了，
婆媳之间摩擦，
夫妻争斗口角，
孙子调嘴学舌，
家庭鸡毛蒜皮小事，
免不了不浪起波。
家和万事兴，
只要全员配合。

二

当今家庭，
多数七八人组合。
一家人过日子，不要摩擦太多。
中华民族美德，
尊老爱幼、相敬如宾，
孩子学好技术，
掌握本领、行行出状元，
勤劳致富奔小康，
六畜兴旺，花果飘香满山坡。
家家盖起小洋楼，
私家车开进都市、美丽山河。
休闲度假游美景，
全家欢聚乐呵呵。
国富民强、年丰物阜，
生活美好如甜美的歌。
家和万事兴，
只有家庭全员配合。

2021 年 5 月 18 作。

现代诗

山海放歌

山！
你平凡得太过平凡，
如我看不到自己一样视而不见。
你古老得与地球同源，
因而熟悉得不被人们怀念。
只有春时，
会让人们惊羡你生命的重衍，
并无限期盼夏的生机盎然。
更是秋时，
你撒红飘绿的美艳，
迷醉了眼，致使冬雪的命运输惨。
但，这一切都不属于你，
因为，你只是四季惹眼美韵的支撑，
你还是你，坚如磐石，势不可摧，
与美艳、温馨、意蕴永远无缘。
然而，你的价值无限——
怀揣宝藏、稀矿、溶洞、山岩……
捧献山珍、奇木、茗药、甘泉……

山！
峡谷中你巍峨；
山脉中你连绵；
草原上你身姿绰约……
多变不可捉摸的个性，
是你魅力十足的永远！

海！
你天生的脱尘世俗，
怀揣壮阔与浪漫。
你是刚柔相济的艺术唯美。
书写了源远流长的历史大卷。
你吸纳百川，
融尽怅惘、徘徊、流连……
蕴蓄寄托、希翼、夙愿……
承载着芸芸众生几多梦想的实现。
你富含睿智，
集结浪的力量托起远航的帆，
汲取水的刚柔创造奇迹留于世间。
姿色美名绝不是你有意秀炫，
博爱与价值才是你醉心追寻的制高点。
你更经得起岁月蹉跎的考验，
飓风、海啸是你永不逊色的坚韧与强悍。

海！
平静时你秀色温婉；
潮汐时你灵怪多变；
台风中你激浪狂澜……
你理智又笃情的魅力啊，
是亘古不变的永远！

山啊，海！
宇宙无际，又怎能忽视你们的存在？
心灵无垠，岂能容纳你们携手同缘！
山用山的坚硬示威，
海把海的誓言兑现。
时光作证，沉默、静观，
穹苍悠远，看万万千千……

2020年8月21日，载《中国企业报》，2023年，载中国作家协会主管的《中国诗歌》杂志第9期（总第163期）。

悠悠望楼河

你时而潺缓、时而奔腾汇入大海中，不知哪一年，你从抱扛岭流来，流了多少个春夏秋冬。

望楼河，你从高山峻岭的峡谷中奔流了一百五十多公里，两岸的土著先民，世代繁衍生息，饮用你乳汁般的泉水暖融融。

大自然恩赐你丰富的水资源，灌溉两岸万亩良田，一望无垠肥沃的土地，种植出稻谷金黄灿灿、果菜郁郁葱葱。

你盛产优质的农副产品，乘载海陆空，销售海内外，《崖州志》赞你是一条经济河、文化河，令世人称颂。

望楼河人勤劳致富奔小康，科技兴农、六畜兴旺、花果飘香满山坡，望楼河畔高楼林立，利国镇市场繁荣，车水马龙。

如今两岸人民生活如甜美的歌，私家车开进都市、美丽山河，由于得到你的恩惠，两岸人民日子越过越红火。

望楼河两岸历史悠久，文化底蕴深厚，代代人才辈出，名贤、英豪、博士，令世人敬崇。

古老的望楼河畔，再看今朝，蕉林片片、芒果累累，素有“绿色宝库”的美称，骚人墨客称你是一个“双文明”的好先锋。

你昼夜奔流不息、永不干枯，织成一幅美丽的图画，望楼河你与宁远河息息相通。

承担了古崖州大地的荣辱，接纳庇护一批古代名臣。
如今，你时时刻刻，铸造乐东这块热土未来的兴隆。

2022 年 6 月 17 日，载《海南农垦报》副刊《南国珍珠》。2023 年，载中国社会科学院主管的《世界华文作家》第 2 期文学季刊。

梅山行

在美丽三亚的最西端，
有海南知名的革命老区——梅山。
它是拥抱在绿色森林中的村寨；
毗连南海、浩瀚无边，碧水天蓝，
集绿色、蓝色、红色交融一体，
令人可歌、可颂、可看。

梅山水抱山环，
青山、尖岭、芙蓉岭；
是充满生机的绿洲山川。
山猪、兔子、坡马……
是动植物的乐园馆。
野蔬果金针花、山竹笋、石榴、荔枝……
是苍天恩赐梅山人们的大餐。
梅山地大物博，农牧副渔千万，
日出而观，波光粼粼，双洲银滩；
石斑、龙虾、海参……
“春讯闲海”鱼、虾海产品载满船。

梅山是抗日民主革命老区，
在党的领导下，揭竿而起渡难关；
建立“青救会”、“妇救会”开展抗日游击战；
英雄儿女勇敢与敌人战斗，共度国难，
拿起钢枪等武器，打倒土豪劣绅，除患乱。
夜袭关公庙，攻打高土墩敌据点，
狠狠打击日寇、蒋匪帮，不怕枪和弹。
他们坚持23年红旗不倒，
无数英雄儿女献出了宝贵的生命，
谱写琼崖革命的花开春暖。

今日走进肃穆的烈士陵园，令人震憾！
触摸一块块冰冷的丰碑，
一个个方方正正刻在碑上的好汉；
我们热血沸腾，肃然起敬，
万绿丛中，纪念碑苍冷如铁，雄镇琼南；
缅怀先烈们的英雄事迹代代传。

2023年5月3日，载广东《神州文艺》，2023年，载江苏省一级期刊《三角洲》第12期（总第203期）。

日历颂

一年三百六十五页的日历，
你是一件俗见简单的物体。
一页页是一座座高高重叠的山峰？
一页页是一级一级攀登的阶梯？

是的，每一页都连着明天，
每一天都通向理想；
刻下勤劳者的脚印，
记下人生奋斗的价值！

黎明，你牵着晨曦叩开每扇门窗；
夜晚，你借着明月送人们一片甜蜜。
春天，你伴春风送给耕耘者的喜悦，
秋日，你托大雁捎来丰收的果实。

每日，你从热汗的长河中走来。
每月，你向收获和欢乐的海洋走去。
年复年年，脚步从不停息，

时时刻刻，谱写着青春的乐曲。

啊，三百六十五页的日历，
你一页一个问号，一页是一面镜子。
你今天做了些什么？
流下了多少汗滴？
懒汉看见你脸红，勤劳者透过你，
看见的是精神和物质。

1985年10月4日，载《五指山报》文艺副刊，2023年载新疆昌吉日报主管的《文汇》杂志第6期。

神奇大小洞天

大小洞天屹立三亚以西四十公里崖州镇境内，沿途交通方便，可观、可赏，风景迷人。

“海山奇观”、“南溟奇甸”的大小洞天，你酷似盘踞在秀丽崖州湾畔的鳌山之神仙。

幽幽美景中糅合了深远的历史和文化意蕴，是三亚山海之中少有的极品，似世外桃源。“洞天海景”、“南极寿谷”、“南海龙宫”景观是多么神奇、多么美丽耀眼。这里山、海、石相连，形状千奇百怪，肖人肖兽，似蹲似卧，欲跃欲飞，栩栩如生。这里峰峦叠翠，酷似龟、鳌，像一幅幅南国的画卷。

鳌山是大小洞天旅游景区中的一座大山，是崖州屏障、琼南名山。

崖州郡守周康的宽容、平和；鉴真试海不畏失败，斗志昂扬，永往直前。

黄道婆从这里登船离岸，把崖州植棉和棉纺技术传播海内外的骄人之举，技艺领先。

宋代道教南宗五祖白玉蟾在此传法布道，使大小洞天从此与道家结缘的远古史语留传千年。

元代知军毛奎开发你，今人郭沫若先生为你题写《游崖县鳌山》诗曰：“深讶钓鳌者，钓缗三线悬。钓得六鳌来，鳌骨堆成山。”

南海龙王别院、洞天八景、小洞天、众妙之门……这些寓意深远的景观，令游客流连忘返，是最悠逸的休闲。

大小洞天，你屹立天之涯，海之角，年复一年。不管风吹浪打，挺立拔翠，你山海相连，风水宝地，谁还说是“鬼门关”？今是名胜景万千。

2022 年 7 月 22 日，载《海南农垦报》副刊《南国珍珠》，2023 年，载中华全国总工会主管、中华教育工会全国委员会主办的《中国教工》第3期（总第 26 期）。

祝贺“海南301”开诊

记证了2012年6月9日是个大喜日子，
琼南老百姓将汝铭记。
“海南301”正式开诊，
汝是保障琼南人民健康的恩师。

总院建院60周年，首次跨省办医院，
规模大、设备先进，汇集医术精堪的名医。
为建设国际旅游岛增添新元素，
使琼南老百姓享受汝更多的好处与便利。

昔日海南医疗总体水平落后，
医疗人才和设备不足成为历史。
百姓患疑难杂症只赴大城市，
经济拮据的干脆放弃就医。

如今琼南老百姓犹沐春晖，
汝凝聚军政、军民、军工融合的欢喜。
展现党中央对海南人民的关心，

这是一项重大的惠民工程，百姓永远把汝记忆。

汝坐落美丽的南海之滨，濒海临河，
这里天蓝碧海、椰风海韵、靓丽多姿。
汝是医疗、保健的养生堂，
是建设三亚国际热带滨海旅游城市的坚强后盾。
汝是花园式的三甲医院，是“国家海岸”的医学城，
汝拥有一流的医疗专家团队，
是南海之滨的医学明珠，让老百姓看病便捷，永远受益。

2012年6月11日作。

散文 小小说

明珠光华

人们都说：山荣农场犹如昌化江畔的一颗明珠。滔滔江水不仅使这里气候温和，空气新鲜，也使两岸风光旖旎。农场边缘有黎族传说中的龙女出浴的圣地——“龙椅”，那里峭石突兀多姿，秀沙晶莹生辉，鸟语花香，清风吹拂，景色颇为诱人。如今，山荣农场橡胶面积四万多亩，防护林10000多亩，水果基地700亩，年产干胶1500吨，拥有固定资产2700多万元。在这片热土上，农垦人用心血与热汗写下了壮丽的篇章。

二十年前，垦荒队伍来自五湖四海，风尘仆仆。迎接他们的是茫茫的群山，密密的森林，丛生的杂草。没有房子，四十多人挤在几幢草棚里。没有床铺，四柱落地当床脚，树条竹片当床板。缺少用具，砍节竹筒代水壶，砍片蕉叶挡雨水。有时上山开荒饿了，就采摘野果充饥。他们晓踩露水，午顶烈日，夜披星月，在拓荒，在育苗，在定植。有的同志累病了，有的同志工伤致残，有的染上恶性疟疾、水肿等病。但他们没有被艰苦的生活所吓倒，仍然顽强的奋斗着。

昌化江多峡谷险滩，一片云，一处雨，气候变幻无常，一会儿烈日当空，清晰的江水可看到星星点点的鱼，胆子螺；一会儿乌云密布，大雨倾盆，滔滔的江水如怒潮，汹涌澎湃。

1970年的一天，当时的老场长带着五位同志涉渡过昌化江上猴子山开荒，回来时，江水暴涨，老场长被卷进了漩涡，几度周折，才摆脱了险境。一次一位女工上猴子山开荒，深夜肾炎复发，危及生命，不巧昌化江暴涨，职工立即分头砍竹，编成竹排，开动拖拉机头的照明灯在江岸指路，几个熟水性的职工护送这位女工过江到场部医院抢救……正是在这种艰难环境里，农垦人挺直腰杆，以朗朗笑声迎接扑面而来的风风雨雨。如今，沉睡千年的荒山唤醒了，翠绿的胶林，连绵不断，场部公路笔直，楼舍井然。绿树丛中职工医院大楼。教学大楼、招待所大楼耸立其间，式样新颖。原老场长韩奎林同志回到离别十四载的山荣农场，不禁连声赞叹变化的巨大。

二十年过去了，创业者们大都两鬓飞霜，而新的一代正茁壮成长。这正如昌化江水后浪推前浪，滔滔不绝。在他们不懈的努力下，山荣这片土地将变得愈来愈美，昌化江畔的这颗明珠将放出愈加璀璨的光华……

1990年10月19日，载《海南日报》文艺副刊。

蒲公英恋歌

秋的田野，风儿轻柔得如同棉花擦过肌肤，软得让人陶醉。一股植物特有的馨香也随着风儿扑鼻而来。低头，脚下便是片片成熟了的各种植物，有被花籽撑得饱胀得直不起腰来的；有顶着花儿随风扭着纤细的腰肢炫美的；更有为传宗接代而过早破皮献身，撒种于大地的……蒲公英！我眼前一亮，蹲下身欣赏着丝如天鹅绒般柔细、纯洁，簇拥成一团又各自舞姿曼妙的靓丽姐妹们。她们高傲但不高调，需细心才能发现；她们高洁华美而不妖艳，纯情得令人怜惜。我被她们迷住，再也挪不动脚步，小心翼翼地摘下郑重地托在手中，把她们好一会儿欣赏，丝丝感动填满青春与柔情悸动的心海。随后，她们便成了我的囊中之物被当做宝贝收录到家中，和一束永不变型、退色的淡粉色小花同放在一个透明水晶盒中组合成一件绝美的艺术品，作为我最满意的佳作放在我的书桌上，抬头便可视见，常以赏心悦目。

生活继续着，十年、二十年消失在一瞬间。一切如过眼云烟，平淡得没留下什么痕迹。忙碌、劳累填满了自己的整个时间和空间，顾不得再把蒲公英赏玩。我丢失了当年痴情于她的浪漫，案头被各种行业书、工具书填满，那个透明水晶盒早已被挪了地方，再也不被惹眼。终于有一天，我要搬家，收拾物品时，再一次拿起它，重拾已久违的浪漫情愫，想找回初见她时的新鲜感。但，怎么可能？我，心已平静得激不起浪，甚至多了些沧桑；她，也黯然了，那洁白羽翼的华光已荡然无存，萎去的籽依然在，但孕育的能量却所剩无几。年轮在我和她身上都烙下了不可磨灭的印迹！想象得出花儿被冷落的孤寂，被遗忘的怅然；可以理解花儿对已逝青春的怜惜，对失去了生命意义的孤愤。我捧着花儿，不由得感怀神伤，泪光闪闪，不久，我推开窗，把花儿放飞，放飞……蒲公英飞向了天空，迎着轻风盘旋着，时而轻快地略过树林，亲昵着树梢；时而擦过丛丛绿植，轻抚着小草。最后，一阵旋风把柔弱的蒲公英腾空卷起，她闪过座座楼房，飞呀飞。突然，她戛然而止，原来，不偏不倚，被卡在了一家阳台花盆中的枝叶间。她使劲挣扎，但弱不禁风的她已精疲力尽，绒伞支离破碎。啪，她孕育生命的籽掉落在花盆湿润的泥土中……就这样，蒲公英结束了漫长的孤寂与等待，终于完成了她的使命，继续籽的故事。

花盆中的泥土和蒲公英种子相爱了。种子从没感受过跟泥土在一起的幸福。泥土尽量抱紧种子，让它喝够甘甜的雨露但又不会被淹没。他时常痛苦地把自己的身体扭曲，裂开缝隙让阳光的温暖和光亮,新鲜的氧气供种子尽情享受，并且每天不厌其烦地用自己的身体测试、调节着温度，昼夜守候着娇嫩可爱的种子。他们无时无刻不在说着情话，一同回忆着过去，享受着现在，憧憬着未来。泥土了解了种子一生的不幸，更加倍爱怜她，把全部温存都奉献给了种子。种子呢，丝毫不辜负泥土的付出，在泥土的呵护下，生命力终于被激发出来。她痛苦地蜕变，艰难地酝酿，坚定着梦想——为泥土孕育出崭新的生命之花。她们在一起忘记了时光，忽略了季节，忘却了一切！爱，温润着两颗心；迸发出了彼此的激情。她们就这样相濡以沫，相知相守，日复一日。终于，有一天，种子在一阵剧痛之后，裂变、生发……

啊！就在这一瞬间，泥土托着种子使劲向上一顶，一棵嫩绿与洁白相间的小牙破土而出。泥土和种子欢呼着，激动得相拥而泣。是啊！新的生命——她们爱的结晶！泥土帮助种子实现了一生的梦想和最精彩的生命价值！

蒲公英的故事还会永远地继续下去……

2021 年 8 月 27 日，载《海南农垦报》副刊《南国珍珠》，2023 年，载湖南省教育厅主管的大型综合性文学期刊《文学欣赏》2023 年第 3 期（总第 18 期）。

遨游大小洞天

重返鳌山赏翠烟，珠崖雄峙百花妍。
毛仙落笔留千古，海角盛名窥有天。
异洞奇峰多暇景，碧海荡漾似飞泉。
渔舟远影沐潮霞，岩石嶙峋属自然。

大小洞天位于三亚市区以西 40 公里的崖城镇境内，它盘踞在秀丽的崖州湾畔的鳌山之上，幽幽美景中糅合了深远的历史和文化意蕴，是三亚山海中少有的极品。鳌山是大小洞天旅游区中的一座大山，叫鳌山，是崖州屏障，琼南名山。1962年，郭沫若先生游此地，写下了《游崖县鳌山》。诗中有："深讶钓鳌者，钓缗三线悬。钓得六鳌来，鳌骨堆成山。"郭老的笔下，道出多少神话传说中"鳌山"的来由。

这里山、海、石树相连，峰峦叠翠，酷似龟、鳌，象一幅幅南国天然的画卷。"洞天海景""南极寿谷""南海龙宫"，你是多么神奇，多么美丽耀眼。我来到了小洞天摩崖石刻。只见一如丘巨石静立横卧于碧海丽山之间，石身刻有史人南宋郡守毛奎稳健厚重之墨迹。其下一天然不规则洞口，立刻撩起我进洞探其神妙之兴趣。低头探身进了这牛角形神洞，立刻有曲径通幽之感悟。洞中景致虽显空洞，却也妙趣横生。神洞出口处亮光照着几级石阶，我在走上石阶出洞的那一刹那，便瞬时顿悟了当年道法之人命名小洞天即神仙居住的地方之本意了。挤过留影的游人，我站在了巨石临海处，细观其形状宛若一座舒适的石椅。椅背上史人毛奎镌刻的“钓台”赫然呈现，仿佛他已穿越时空正襟危坐在此凝神垂钓神龟了。面对我的打扰他却岿然不动，我不禁对这发源地经始之人肃然起敬。抬头向北远望，便是灵圣、俊丽、传神之鳌山。它犹如巨龟盘踞在这传奇之地，据说这山是六鳌之骨堆成，怪不得南山也被称为长寿之山，仅大小洞天就分布有三万株“不老松”，与这块宝地共同抒写了“寿比南山不老松”的千古福愿。长寿文化在此源远流长，我想，这也是此山奇之所在吧。

这里的石奇也是名不虚传啊。随着古人开发的“渐入佳境”石刻标识旅游路线的指引前行，历历在目的便是颗颗奇石了。这些石各个集敦厚、纯性、奇形怪状于一身，浑然天成，或集结成群威赫，或三三两两作伴，或形单影只独处于静幽之处，形散神凝地分布在海岸山间。这些石虽默默却生气灵怪，这都是一处处镌刻其中的摩崖题咏的缘故。历代故人，文人骚客，曼妙传说，道迹仙踪无不赋予它们以亘古不息的生命灵光。久久徜徉在这自然步道之间，我时而突然开悟于老子“道法自然”即真理是自然的真实体验的道家哲学思想，时而感慨于近千年来游走于这一方水土之间的人杰之高洁品性——崖州郡守周康的宽容、平和；鉴真试海不畏失败，斗志昂扬的精神风貌；黄道婆从这里登船离岸，把崖州植棉和棉纺技术传播海内外的骄人之举；宋代道教南宗五祖白玉蟾在此传法布道，使大小洞天从此与道家结缘的千古史话……

啊，大小洞天！巨石磊磊，形状千奇百怪，肖人肖兽、似蹲似卧，欲跃欲飞，栩栩如生。夕阳西照，仰望大海，金光万道，一阵阵飞鱼飞过海面，那海更加湛蓝，那山更加滴翠……我迷醉于你“海光常潋艳，山色更清妍”的景致之中；叹服于你“行当寄语蓬莱客，胜境而今逊岭南”的南北之佼影；更骄傲于您“南溟有奇甸，珠崖占岁先”那永不可颠覆的历史地位！

大小洞天，你令我流连忘返……

2022年7月31日，载《海南农垦报》副刊《南国珍珠》。

品茗·赏景·小憩

山城的夕阳，刚收去最后一抹余晖，石景园便亮起五彩缤纷的灯饰，进入它一天中的营业黄金时间。笔者偕友同来，只见游客如云，茶楼座不虚席。朋友们不禁为其独特的魅力而赞叹。

石景园座落在通什闹市区，与通什电影院、群众艺术馆相毗邻，成为三位一体的山城文化娱乐中心。这里人如流，歌如海，是欢乐的海洋，而石景园则是海洋中一座绿色小岛。

它幽雅、秀气，是别有情趣的楼榭庭园式茶座。在饰有琉璃瓦顶半通花式围墙正中，有风格古朴的圆形门，门顶匾额上书写遒劲的“石景园”三个字。园内一石景，一角亭，满目花木扶疏，碧水荷池。那一席席茶座掩映在金竹丛中或与红花翠叶相点缀，游客竟如画中人。如果登上楼座，便可以远眺山城云雾，近听影院弦歌，又无不令人心旷神怡。在邻近溜旱冰的姑娘，跳迪斯科的小伙子，看完电影的人们，进园来喝上几瓶冰冻汽水，品尝几壶香茶，既小憩，又赏景，真是妙处难与君说。

据说，石景园的经营者是一批年纪约二十三四岁的年轻人。他们不受旧观念的束缚，勇于创新。他们不仅营造了这个茶座的庭园式格局，而且注重在服务质量上下功夫。服务员统一着装打扮，仪态可人，服务周到。要是你是个常客，就会不时看到茶座的经理在顾客中征求意见，以改进服务。到石景园喝茶，可以省却烦人的坐等。从买票到服务员端茶上桌，通常只需一二分钟，并且服务得十分妥贴得体。这会使你如沐三月春风，杯中佳茗增添几分芬芳。

石景园茶座起名为“偿心楼”，可谓名副其实，使你如愿如偿。

1986 年 4 月 11 日，载《五指山报》。

偶　遇

近日，听说新华书店来了新一期的《美术》杂志，并且没剩几份了。我是个业余绘画爱好者，最近还有几个个体户商行请我去搞美术装潢呢，我决心要靠美术来自谋职业。早上起床，洗漱后，我就快速地向新华书店跑去。

三亚的早上，海风嗖嗖地吹，挺凉爽的。街道两旁，婆娑的椰树下，摆着早餐摊，海南粉、鱼片粥、虾饼……各色各样，多的很。但我顾不上吃早餐了，直往书店跑。将要跨入门槛时，不料竟与人撞了个满怀。“啪”的一声，对方手中的什么坠落地板上。我定神一看，原来是一位身穿连衣裙的姑娘，高挑身材，柳眉细眼，一幅都市少有的优雅姿态。一时间，她的脸色绯红起来，好像要向我致歉。然而，她的目光陡然一沉，蹙起眉头：“你……你瞎了眼?”

我急忙俯身为她拾起书。啊，是一本崭新的《美术》杂志！我的兴趣来了，忘了向她道歉，信手翻了翻，却被她夺了去。“哼!”她鄙视我一眼，车转身走开了。

“哎哎，小妹……”我想说什么，可话到嘴边——来不及了。我顾不得失礼了，先买到杂志再说，就直奔零售部，拨开了人群。

“阿姨，我要《美术》!”

“卖完了。”

“啊!”我迟疑地瞟了下堆摆着的各类杂志，希望还能发现到它。唉，不走运，我终于叹息着走出门外，并且想去找她，跟她借看一下。然而，街上人群熙熙攘攘，车辆川流不息，在这繁华大街上，她已无影无踪了。向哪去寻觅呢？回到家里，我若有所失，心里总想看那本杂志。

几天后的一个早晨，真没想到，我在街上却又与她邂逅了。她还是那身连衣裙，手上又提着一个画夹，像是要去写生，显得那样飘然脱俗。而我，衣衫褴褛，一幅待业者的寒酸相。唉，不想这些！我以为有希望得到那本杂志了，便高兴得甚至忘乎所以，冒冒失失地喊了起来：“哎！小妹……等一下，你叫什么名字？我想……”我本要说我想借看那本《美术》，不料她象触了电一般，眼睛里射出一股异样的寒光，把我的话给堵住了。并且又惊慌又气愤的嚷道：“你要做什么？你……”像撞上了魔鬼似的，她撒腿就跑进了人群中。

我不禁呆住了。

第二天，我替个体店画完广告回到家，只见母亲独坐在床头，一只手支撑着太阳穴，神态忧郁地阅着一封信。“妈，是姐姐的来信？”我知道姐姐这一两年来总是时常来信的，她知道我爱上了美术，就不断鼓励我。但是，今天定是姐姐自己出什么事了，不然母亲怎么会这副神态呢？母亲没有回答，她用我已经很久没见过的那眼光望着我；那饱经风霜、布满血丝的眼睛，霎时湿漉漉的。“孩子，你……你真的又变坏了，又变了吗？就不能争气做人！”母亲终于说话了，把信递给我，轻轻地抽泣起来。

我很快地阅完了那封信，心里像打翻了五味瓶子。信上说：“……我早就有闻大名，从拘留所放出来的张少强，你还想……那一手？不知耻！”我愣住了，她果然是这样理解的……但凭什么这样来理解人呢？凭什么以一成不变的眼光看待人呢？嗨！见鬼，我一把将信揉成一团，紧紧地握在掌心里……

天渐渐地黑了，小雨点点滴滴地下个不停。那些对人的偏见，正像这恼人下个不停的小雨遮人眼睛。我心里烦，便出门冒雨在小街的树荫下走。现在，尽管是满城灯火，却变得忽明忽灭，扑朔迷离。

我正走着，突然，伴随着一声惨叫，响起“嚓—”的刹车声。只见前面有人倒地，旁边停着一辆小车，但很快，小车又向我这边开来了。

是出车祸了！这小车是肇事逃逸！想到这，只觉得一股热血往头上冲，我顾不得好多了，拔腿就冲到马路中央，张开双臂，在前头拦住了小车：“快停！”

车主狂按喇叭，伸出头来怒吼：“找死吗！快闪开！”我站立不动，手拍胸膛：“你往这压！再开，罪上加罪！”

我这突然之举，吓住了小车。车主推开车门，说：“唉呀，那人没事，都坐起来了。”

我说：“你撞倒了人，不管你重伤轻伤，你都得负责任，怎能一走了之?”

我把车主叫下车，说：“我们问问伤员的意见，是叫交警来处理，还是把他送到医院检查?”

“不用叫交警了。”那伤员说。

“那我陪你坐他车去医院检查。”我边说边去扶伤员。靠近一看，不由得惊叫一声：“是你?”

原来是那连衣裙姑娘。“哦，是你!”她也认出了我。此时，我看得出，她的眼光里，既有感激，也有愧疚……

2021 年 11 月 12 日，载《海南农垦报》副刊《南国珍珠》。2023 年，载山东省教育厅主管的《文学家》2023 年第 3 期。

并非误会

江丽把袖珍提包往沙发一扔，无力地躺倒在床上。她做梦也没想到，自己竟受骗了！介绍人对这怎么只言不提？可恶！认识快一个月了，他怎么也一句不说？滑头！她恨介绍人的虚假；她悔，悔不该懵懵懂懂地去浪费这么多感情。虽然他长得仪表堂堂，可一个虚伪滑头的人怎么值得去爱呢？幸亏偶然发现，不然……嘿，应该赶快跟他断绝来往。于是，她不假思索地写起了信……

当接到她的信时，他的心里还是美滋滋的。但打开一读，却傻了眼。好端端的怎么突然就吹了？难道自己有对不起她的地方？可想了半天，也没想出什么来。到底什么原由，信上也不说。莫名其妙！他接二连三的往她单位打电话，但都说她不在，怪！恶作剧？但愿如此！

那天晚上，月光淡淡的。在滨海路临海的一边，椰树在习习海风中摇曳羽叶，三三两两走着散步的人。江丽也在其中走着，她是要去找介绍人理论理论的。突然，一位很熟悉的身影出现在她前头。只见他在缓缓的推着一辆特别的手推车，车上坐着一位瘫痪的老人，正是她这两天看到的那个。她苦笑一声，躲进了暗处，想混在行人中溜过去。

此时，传来老人带着感激之情的声音：“我峰儿不在，这几天你都推我到海边散步，够你辛苦的啦。”江丽一听。不禁一怔，放慢脚步，支起耳朵细听。

“大妈，都是邻居，别这么说。再说，我也挺喜欢跟老人聊天的。”江丽听到此，张大了嘴。蓦地，一股喜悦之情从心底升起，她高兴得想喊：哦，原来是这么回事！

皱眉间，她回想起写信的事儿，不由得拍了下额头：差点坏了大事。

第二天傍晚，江丽破例亲自买了两张电影票，然后迫不及待的给他拨了电话……他放下了电话，笑了，她就喜欢恶作剧，尽捉弄人。

电影院门口，他和她出现了，很准时，少有的准时。“开什么玩笑?”他一见面就开口。“吓着了”她扬起眉毛，乐了。“吓倒没吓，就是想不通。我以为你的母亲就是你推的那位老人。”“……什么？你说什么?”

“我以为你推的那位老人就是你的母亲。”“……噢……”笑容倏地从他亮堂堂的脸上消失了。他呆呆地立着。“你怎么啦”？她发现他的神情不对。“……”“你！”她急了。“哦，很抱歉，电影我不想看了。”“为什么?”她疑惑地注视着他。“对不起，再见！他说罢掉头就走，眨眼间便在人群中消失了。她愕然。她在想：前些天，是我误会了他。现在，莫非我有什么言行让他误会了。

2020 年 7 月 17 日，载《海南农垦报》副刊《南国珍珠》，2023 年，载《神州文学》10 月刊（第 141 期）。

较　量

新来的小汪老师挟着课本，走向课室。

“汪老师，教哪个班?”她的胳膊被人捅了一下，是女同事小文老师。

“哦，五年级乙班语文课，兼班主任。”小汪出于礼貌地回答。

“哎呀，这个班可不好管，多是照顾来的关系户学生。洪老师当了一年级主任，最近才改行调走了。”小文又压低了声音，“有个刘小马，绰号叫‘怪胎’的学生，你要小心，免得受那窝囊气。”

老师怕学生，岂有此理！汪老师美丽的长眼睫闪动了一下，红晕浮上了脸颊，“怪胎”？有趣，我倒想见识见识。

在讲台上，汪老师第一点名：“刘小马！”“嚯”的一声站起来一个瘦猴似的男孩，只见他抱拳胸前，学起功夫片道：“小姐，弟子有礼!”

“严肃点!”小汪老师眉头一皱，但仍沉住气指着黑板上一个生字，“请你念念!”

“不懂!”他双手合十，摇头晃脑：“罪过，罪过，阿弥陀佛!”于是哄堂大笑。

天呀，真是个“怪胎”——一个畸形儿！这堂课，小汪老师不知道是怎样听到下课铃响的。她感到怒不可遏，又感到心情沉重，她决定，要去进行一次家访。

听说小汪老师要去访问刘小马的家，热心的小文老师又来进言：“他老子是人事处处长，你可得慎重行事哟……”说着，神秘地一笑。小汪望着她的背影，摇摇头：真见鬼。

刘小马的父母不在家。一套高级宽敞的住宅里，只有“怪胎”蜷曲着瘦小的身子，在看街头小报上的武打连环画。他看见老师来了，先是一怔，随即转惊为喜，伸出手来：“有好吃的吗？汪老师！”他总算叫老师。“什么好吃的？”汪老师莫名其妙。“你买来的呀。”“我没买什么呀。”他听了大失所望，悻悻地说：“来我家都不买东西，少见！”言罢掉过头去，“啪”的扔掉武小武打小报。

惭愧呀！教出这样的学生。“你知道我是谁？”汪老师气得快发火了。“是老师！老师又怎样？”嗬，“怪胎”居然也来气了，“我以前的老师，来家访就给我买来糖果，还有菠萝、苹果、香蕉、还有……”“那他是你爸爸的相熟朋友吗？”汪老师厌烦地打断了他的话。“不！他是从前的班主任！我爸爸说他关心我，懂得做人，保我升级。爸爸还说要帮他搞调动，改行呢！”“啊，改行？”汪老师恍然大悟，“难怪洪老师他……”这时，不知道从什么地方传来说话的声音：“好吧，汪老师，我也帮你改行吧！当老师，可怜啊。”“不，我不改行。教师，是人类灵魂的工程师，要把畸形的心灵……”汪老师心里回答着。“哈哈哈哈……你想塑造孩子们的心灵？但是我要改变你！”多可怕的声音，是养育出“怪胎”的父亲的声音吧？可汪老师四下瞧瞧，并无别的人影，只有刘小马好奇地望着她：“老师，你是决心再不来我家家访了。”“不，还要来！我要来帮助你补课，补课，要来告诉你父亲——他认错人了！”汪老师俨如站在课室的讲台上。“怪胎”睁大双眼，第一次像个小学生那样望着……

1985 年 10 月 25 日，载《通什农垦报》文艺副刊，2023 年，载中华人民共和国教育部主管的《中国教师》第 6 期。

时髦病人

一天，我因感冒，慕名上小镇卫生院找医术高超的郑老中医诊治。进入诊室，只见一个衣着时髦的姑娘已坐在老中医面前的椅子上在诊治。

她那白嫩嫩的脸蛋，深深埋在脖子上的粉红色围巾里；披肩长发略显大波浪形，身上的花衣满含俏丽春色。

她一手紧捂着肚子，一手无力地伸给郑老切脉。

“妹子”，操广东口音的郑老医生温和地问，“哪里不舒服？”

“……”妹子没有回答，只有细声呻吟。

“肚子痛得厉害吗？”郑老切脉良久后关切地问。

“……”病者渗着虚汗，无力搭腔，看来病势不轻。

郑老戴起了老花眼镜翻了翻妹子的眼皮检查，尔后，又按住妹子的腹部仔细揣摩。许久，他才放开手说：“妹子，我初诊你是患胃肠炎和贫血。但也不能排除是妇科病。我转你到妇科做一次详细检查，再确诊。你叫什么名字？”

当郑老中医在处方笺中“性别”一栏里填上“女”字时，一直一语不吐的妹子突然嘎止呻吟声，脸从围巾里耸起，骂了声：“老不死，如此看病！”

猛然间，听见妹子浑宏的嗓音，看见那漂亮的八字胡子，满屋子等候看病的都惊得目瞪口呆，怎么是个男的？郑老更啼笑皆非，我也冒出一身冷汗。

“后生仔”，郑老抱歉地说：“恨我年老眼蒙，差点误诊，误诊……”

顿时室里哗然。有个中年男人以讥讽的口吻说：这个后生的名字说不定是什么兰呀花呀的。

一个妇女嗤了一声说：“难看死了，说不定他还穿文胸衣呢!”

“哈哈哈……”众人大笑。

人们的议论嘲笑，使这“妹子”嫩白的脸登时变成红烧猪头，感到无地自容。

上了年纪的老汉对“妹子”说：“后生哥呀，赶时髦不是这样赶法，应拣好的赶呀！快让郑老诊病吧。”

是的，这位老汉的话是对的。我不反对青年讲究穿着打扮，但是赶时髦到不男不女的地步，我却不敢苟同，因为男女不分，生活里会带来多少不方便和可怕的误会啊……

我还未曾请郑医生看病，可这位“时髦病人”给我刺激，吓出一身冷汗，那感冒倒像好了一大半。

1985 年 7 月 16 日，载《通什农垦报》文艺副刊。

祭文

祭父文

维：

公元2004年4月14日（农历甲申仲春二月二十五日），乃我严父讳吉瑞韦二公仙逝首虞之期也。不孝男：传英、传纲、传芳、传权、传威。谨具牲牽酒醴时馐庶品之仪，致奠于其灵前而哭之曰：

父逝难留忆音容，
母也悲痛泪泉涌。
儿女哭汝、亲人、同事哭汝，
满室悲声痛。

遗像前，烛泪流，
香台满，悲声恸。
追忆教诲，促膝终难话素衷。
从今同道开吟会，
遍察诗会少一翁。

父兮，黄泉归去，一切如梦。

从小受祖父教诲，
勤奋苦学。聪明灵通。
勤勤恳垦，事事争人先锋。
为人师表，桃李满天下，
不为名利，教园皆称颂。

十六载执教鞭，清茶淡饭度余年，
幼苗茂盛情犹趣，
桃李芬芳满地红。
迷教书，三尺讲台寻快乐，
苦不怕，累能耐，
馨馨两袖获清风。
听从党召唤，率先垂范，
曾任教福报、三平、县职中。
举头残月照帘栊，
伏案耕耘苦为公。
勤工办五七大学，
校园呈新貌，
屡次获赞功。

父兮，汝劳累成疾，
六七春秋任西东。
日月如梭，岁月叹匆匆，

辛劳一生，似蝶和蜂。
巴望儿女成人，
含辛茹苦，不辞劳瘁，
谆谆教诲，心长语重。
堪嗟世路崎岖，
为党教育事业，不避浪涛冲。
年复年年日日过，
愁多食少，容态变龙钟。

呜呼！父兮，
黄泉异路，唯见沙土坡上一新冢。
痛此日黄土长埋，
千载奇遇团圆梦。
寸言只字，
谨具薄仪致奠，聊表微衷。
父而有知，
尚希泉台安息，九原珍重。
哀哉尚享！

2014 年 8 月 19 日作。2015 年载《望楼河》杂志。

祭母文

维：

公元2014年，岁次甲午，孟秋元月，乃我慈母关氏韦老大婆逝世首虞之期也。不考男：传英、传纲、传芳、传权、传威，谨具薄仪致祭于灵前而哭之曰：

慈颜已逝，音容难忘，
情怀悲雨，泪洒凄凉。
酷署之伏，惊闻噩耗，
庭院哭声氛漾。
别娘亲无缘重见，
思母训没齿不忘。

烛泪淋，香烟浓，
听哀笛，悲风唱，
思量往事，涕泪似海浪。

母兮！
黄泉归去，万事俱空，
堪痛汝九十生涯噩梦长。

慈母系关氏，
籍贯荷口乡。

幼出名门，
小即明礼教，
视为外公掌上明珠，
靓丽又善良。
妙龄十六，归我父，
戚族齐赞好新娘。
终生娴于妇节，
守正优雅端庄。

父行医，汝当小商，
精做香烛、扇子、小吃……
走抱旺、官村、塘上，
换回红薯、花生等粗粮。
紧跟生产队拿工分，
戽水、割稻、插秧……
熬酒又养猪，
为糊口，汝与严父日夜奔忙……
汝起早摸黑，
稻果草煮稀饭，
为儿女当好后勤部长。
好让儿女上学堂，
读书明事理，
好继承世代书香。

汝艰辛人生，说不尽，
屈指难数详。

汝和睦妯娌，礼义尚往，
勤俭持家远近赞誉，
宽厚待人，老小欣赏。

汝寝疾，
儿为汝请郎中到家中就诊，
后又送三亚人民医院治疗，
可世上痛无救母药，
汝终于弃世辞阳，
儿哭汝、亲人哭汝，
千秋永别，汝何之！
呜呼！母兮！
如今长眠地下，
新坟一座永伴大海、沙丘、田洋。
言难尽，情难忘，
泪千行洒斜阳。
伴随我父、我祖，
齐躺沙土坡上。

母兮！
伤心往事不须详，
宁忘却，情脉脉，恨难量。
唯有慈容永忆长惆怅！
哀哉尚享！

2014年8月19日

祭岳母文

维

岳母——

为什么急别孟秋的斜阳，远去追逐惨淡秋殇？

岳母——

为什么把人间的亲人遗忘，令儿孙痛彻胸膛。

岳母——

临终的坚强，让儿孙更涌哀伤，悲恸心上！

悲泣中，

心头总在回想您为韦氏家族付出一生奔忙。

恍惚间，

一个飘零久远的影子、瘦弱、勤恳、担当；

亲人洒泪，

感恩您爱子贤孙的谆谆教诲，令人没齿难忘。

邻里惜别，

道不尽您仁义礼智，给予他人的宽厚善良。

冥冥中，

您定会留恋相守九十三载，一宅一梁、钵罐柜箱。

魂深处，
怎能挥去您幼出名门、长娴古训、门第书香。
一生一世，
您一生辛劳、尝尽世间心酸苦辣，终生坚强！
生死别离，
九旬人生您尽行孝，情相亲，对长幼不怠皆赞赏！

堂前
烛泪淋、香烟浓，祭文、挽联遥寄深情衷肠。
送别
儿孙披麻载孝，族亲程程送行难分难舍，祝您一路安享。
魂归！
您仁德、美操、风范永垂不朽，千古传扬。
九霄，
任您来去无挂，身亲自然，仙逝游天堂。
安兮！
祝您一路走好、一路走好……情永殇！
哀哉尚享！

2014年8月21日，代阿生兄、阿弟次兄撰写《祭岳母文》。

宰相韦执谊贬崖州

华夏泱泱大国，上下五千年历史，涌现了不少旷世之才。唐代宰相韦执谊就是其中的代表之一，王安石誉他为：“天下奇才”。

韦执谊（764—812），京兆（今陕西西安韦曲）人，出身官宦世家，是西汉名相韦贤的后裔，家族中前后出过14位宰相。他自幼聪慧，颇有才气，20岁就考中进士，在殿试中成绩名列前茅，被授予右拾遗，进入翰林院担任翰林学士、南宫郎、吏部郎中等职。传说德宗皇帝在宫中举行饮酒、赋诗、撰对等活动时，常召他相陪，甚至特许他与裴延龄宰相等出入禁中，参与政事顾问。德宗皇降世时，太子李诵给他献上鎏金佛像，还指定韦执谊为佛像撰写贺诗。同时，太子介绍他与待读老师王叔文相识，后来他们成了知交。

韦执谊得到皇帝与太子的赏识，少年得志，平步青云，官运亨通，永贞元年（805）晋升为宰相。唐王朝的中后期，朝政腐败，官宦专政，藩镇割据，朝庭权力集中不上来，地方势力没有得到有效的控制。故以王叔文、王伾、韦执谊、柳宗元、刘禹锡等为核心的革新派，发动了革新运动，史称“永贞革新”。

革新运动，是一整套的行政改革方案。如，取消节度使，各州刺史向皇帝进奉的月进和日进，除常贡外不许有其他进贡，制止贪官进贡搜刮民脂。又如，放几百名宫女和几百名教坊乐女，出宫还乡，对朝廷官员进行裁减等。通过革新运动，改革行政体制等，来挽救衰落的国家。革新措施得到了广大庶民的热烈欢迎，是促进社会进步的原动力。但革新运动遭到了官宦与保守势力的阻挠与扼杀。此时，顺宗帝病重，太子继位当皇帝，立刻对革新派进行贬逐。王叔文被贬渝州司马，次年亦被赐死；王伾被贬开州司马，不久死于贬地；柳宗元被贬永州司马；刘禹锡被贬朗州司马；韦执谊由中书郎、同平章事被贬为崖州司马。总共有 8 位朝臣被逐出京城，贬为司马，史称“二王八司马”事件。至此，永贞革新以失败告终。

据《唐书》记载，韦执谊因岳父杜黄裳的原因，延迟了处罚，但是，迟来的处罚却更严重。他岳父本是朝中的名臣，由于与裴延龄共事时，政见不合，互相牵制，受到了压制。直到女婿韦执谊坐上宰相位置以后，才被请回宫中辅助太子。韦执谊贬崖州后，一些地方官员非常欣赏他的能力，当时任崖州刺史李甲给地方官员写信，要他们重视韦执谊，这种情况在历史上很少见。

韦执谊到崖州以后，敬业的作风不减当年，认真管理好崖州事务：兴修水利、开发农业、兴办教育、传播先进农业技术；还规划兴建严塘、亭塘水利工程。他带领当地民众克服种种困难，在到处是火山岩的龙泉镇开沟渠、筑堤坝，耗时将近两年，筑成一条长200多丈、高3丈8尺的严塘水陂，把严塘水引进到打铁坡，灌溉万亩良田，使这片土地变成旱涝保修的米粮仓。当地农民有诗赞颂：“驾潭成桥，砌陂岸如长虹，引水长流，灌万顷而渺然。”

韦执谊在崖州期间，对当地的种植业做出了贡献。他根据羊山地区长年缺水的情况，引导农民种植耐干旱的黑豆、扁豆、玉米与狗尾黍等。远近闻名的“羊山乳羊”，就是在草木丛生、丛林蔓延的“羊山”地区，经过倡导农民大力发展饲养山羊，割青草和灌木叶子围栏或放野坡饲养，这样生长的山羊，其肉肥而没有膻味，成为远近闻名的一道特色美食。

崖州孤悬海外，在古代，文化与教育发展缓慢，直到唐宋以后，“名贤放滴、士族侨寓”才使“文化复兴”。其中，韦执谊在崖州传播中原先进文化，倡导教化，十分重视兴办里学。他首先在贬住地龙泉镇的雅咏村创办了韦村里学，把平生所学的学识传授给当地的学童。里学除聘请有文化水平的教员外，他还亲自给学童授课，讲解天文地理、四书五经、诗词歌赋等。不久他创办的里学闻名四邻，方圆十几里的学童不怕路远，都慕名前来求学。里学周边环境优雅清静，花木翠绿；里学旁的香莲塘，每逢荷花盛开，学童们在盛开的莲花旁晨读，成为一道美景。后人遂将香莲塘更名为圣莲塘。

韦执谊于公元812年逝世。著名诗人白居易在《寄隐者》诗中感慨韦宰相的命运：“昨天延英时，今日崖州去。由来君臣间，宠辱在朝暮。”韩愈也评价道：“执谊进士，对策高等，骤迁拾遗，年二十余入翰林，巧慧便辟，媚幸于德宗，而性贪婪诡贼。”

韦执谊被贬崖州 40 年后，李德裕宰相也被贬到崖州。李德裕来到韦执谊墓地，百感交集，赋诗曰“德迈皋陶，功宣吕尚。文学世雄，智谋祝陨。一遘谗疾，投身荒瘴。地虽厚兮不察，天虽高兮难谅。野掇涧，晨荐秬鬯。信成祸深，业崇身丧。某亦窜迹南陬，从公旧丘。永泯轩裳之顾，长为猿鹤之愁。嘻吁绝域，寤寐西周。倘知公者，测公无罪。不知我者，谓我何求。其心若水，其死若休。临风敬吊，愿与神游。”清代海南才子张岳松赞誉他：“田开万顷，兴修两陂，利泽南溟。”因为韦执谊在崖州的巨大贡献，后人称他为“韦崖州”。

2017 年清明时节，三亚与乐东的韦氏族人一行十几人，驱车前往海口龙泉镇雅咏村，祭祀唐代韦执谊宰相先祖。当时笔者吟诗二首，追思韦执谊先祖的丰功伟绩“忠魂安躺宝泉头，宰相音容难挽留。佳节时辰遥祀祖，韦公后裔却思愁。”（此诗 2018 年 4 月 2 日刊载于《三亚日报》鹿回头副刊。）此文的最后，笔者再次写诗追忆韦执谊：“小幼聪明执谊公，革新鼎旧立勋功。除贪斩腐解民愤，著作诗书千古崇。修筑水渠壮穗浪，大才精义树新风。中原文化传经者，创办学堂仍世红。”

2022 年，载《天涯华文》杂志第 3 期，2023 年，载《北国作家》上半年卷（总第 15 期）。

诗友赠贺诗

贺韦诗赋《三亚逸韵》出版发行

王健强

海角风光凝性灵，浪花溅起带芳馨。
南山凭倚诗襟阔，可把行间涛韵听。

作者系海南省诗词学会副会长兼秘书长。

2023年4月28日于海口。

读韦先生《三亚逸韵》感赋

袁俊杰

逸韵诗文赋大千，人情物景入佳篇。
随缘纵笔字生艳，着意描春花泛妍。
崖上苍松标气节，台边翰墨润心田。
行间句里浮真谛，又见丹诚满锦笺。

作者原任三亚市中级人民法院四级高级法官、解放军某部副处长。系中华诗词学会、中国楹联学会，海南省诗词学会、海南省楹联学会会员。

2022 年 5 月 1 日作。

读韦诗赋先生《三亚逸韵》有感

黎玉聪

妙句连珠壮雅篇，情开笔窦醉心田。
山青鸟啭摇环佩，水绿泉鸣胜管弦。
海角椰风香墨韵，天涯碧浪逗灯船。
多才饱学韦诗赋，信手拈来意缠绵。

作者系中国诗词学会、中国楹联学会会员，海南省楹联学会会长助理、常务理事，网络副主任。曾任会刊《海南联粹》执行副主编。黄流楹联顾问。省诗词学会、乐东县诗词学会会员。

2022年5月2日作。

读韦诗赋《三亚逸韵》有感

钟琼新

寂寞天涯处，忽传悦耳歌。
闻音知磊落，踏律好吟哦。
墨影飞春燕，诗行荡碧波。
虽同文艺友，无句可追和。

作者为海南大东海旅业股份有限公司和三亚大东海房地产公司原总经理和党总支书记。现系海南省诗词学会、海南诗社、海南诗联艺术家协会和三亚市作家协会会员，曾在省内外报刊发表诗词作品，已经出版三本诗词选集。

2023年5月7日。

读韦诗赋老师《三亚逸韵》一书有感

吴弟

笔彩田耕远畅芳，群鸡鹤立出高墙。
唐风韵律亲承妙，宋史心神味觉香。
翰墨剑锋忧寄雨，声诗胸海解携霜。
云端感语催新句，春霁追攀续读常。

作者原连任三亚市吉阳区榕根社区书记、主任26年之久。现系中华诗词学会会员、国际诗词学会会员、海南省诗词学会理事。作品见《中华诗词》《华人文学》《群英诗会》、省诗词学会《琼苑》诗刊、《三亚日报》等。曾获全国、全球华人古体诗词邀请赛一等奖、银奖等。

2023年5月9日。

贺韦诗赋兄《三亚逸韵》华丽登场

邢孔史

三亚风情诗赋情，百花园里一枝春。
逸思高妙芙蓉曲，韵赶前贤迪后伦。

作者系海南热带海洋学院中文系副教授，海南省作家协会会员，海南省书法家协会会员，省文联委员，省诗歌学会副会长，乐东县诗词学会会长。

2023年5月16日。

贺韦诗赋兄《三亚逸韵》出版

何顺昌

一卷书香逸韵多，吟哦岁月仄平磨。
崖州自古俊才出，诗赋而今又放歌。

作者系海南省作家协会会员、省诗词学会理事。

2023年5月19日。

读韦诗赋兄《三亚逸韵》有感

黎吉珊

始信天涯别有春，韦兄诗赋冠群伦；
沉吟每至情深处，南海一杯入酒樽。

作者系海南省作家协会会员、三亚市作家协会理事。

2023年5月19日。

后 记

我的童年是漫长的，钓鱼、砍竹子、削片、编黄鳝笼、编虾笼，傍晚步行方圆几公里甚至十几公里到深水田、河沟放笼抓黄鳝、虾仔去卖，挣钱交学费、买衣服等。放学回家和我姐妹到自家自留地戽水、种爪菜。我读小学时正值“文革”，上学经常到学校白面公农场种甘蔗，到三曲沟水库搞水利等。幸而我从小学四五年级开始，已练得一手毛笔字。故“文革”期间，写大字报、抄写黑板报，我的毛笔书就派上了用场。同学们去劳动，我常常留在学校里抄写搞黑板报，免得我瘦小个子的“锻炼”。

从小学开始，受祖父、胞叔父、家父的影响，爱好写作文、练书法，他们都是我早年的指导老师。家父是乡村方圆几十里有一定名气的医生，他为人厚道，从小谆谆教导我做人要好好读书、学好本领、奋发向上的道理。他能诗、撰楹联、写书法，乡里乡邻红白事，都离不开他帮忙写婚联、新宅横梁、写祭文的事。所以家父经常作诗、撰写楹联后都给我解释，他写楹联，我常常帮他磨墨、拉齐红纸。所以我从小对写作、书法特别爱好，到宣传部门工作后，更有机会学写诗、练书法、学摄影。所以我从20世纪70年代末，已向报刊投稿，创作书法作品参加各种展览比赛，很快我的作品就见于报端、入展。

《三亚逸韵》作品集，是我从20世纪70年代末以来，工作、生活的真实记录，收录在多家诗刊、报纸、网络平台发表的文学作品。体裁有古体诗词、楹联、歌词、现代诗、散文、小小说等。这本拙集在编辑出版过程中，荣幸得到很多诗家、诗友的鼎力支持和帮助。特别是得到了《中华诗词》杂志副主编办公室主任、湖北省诗词学会副会长，当代著名诗人、潘泓先生欣然为我拙作集作序《真情充沛，色彩斑斓》。还得到了中国作家协会会员，海南省作家协会理事，三亚市文联副主席，三亚市作家协会主席，海南省文学双年奖及连续三届海南省南海文艺奖、海南省优秀精神产品（五个一工程奖）得主唐精蓉女士的作序《诗酒天涯平生事》。还得到了海南省诗词学会副会长兼秘书长、诗人王健强，中华诗词学会、中国楹联学会会员，原三亚市人民法院四级高级法官，解放军原某部副处长、诗友袁俊杰，中华诗词学会、中国楹联学会，海南省楹联学会会长助理、常务理事，网络副主任，《海南联粹》执行副主编，黄流楹联顾问，诗友黎玉聪，原海南大东海旅业、大东海房地产公司总经理，党总支书记，海南省诗词学会、海南省诗社、海南省诗联艺术家协会、三亚市作家协会会员，诗友钟琼新，中华诗词学会、国际诗词学会会员，海南省诗词学会理事，原连任三亚市吉阳区榕根社区书记、主任26年之久的诗友吴弟，海南省热带海洋学院中文副教授，海南省作家协会会员、省文联委员、省诗歌学会副会长，乐东县诗词学会会长，诗友邢孔史，海南省作家协会会员、省诗词学会理事，诗友何顺昌，海南省作家协会会员、三亚市作家协会理事，诗友黎吉珊的热情贺诗。还得到了中国建筑工程总公司海南分公司副总经理、海南顺万意科技开发有限公司副总经理、中铁十局集团有限公司海区域项目经理、高级工程师、国家注册造价工程师、英国皇家测量师（造价师）等名企业家王生辉对拙作集提出的设计、策划的宝贵意见。使本书增光添彩。在此一并致以衷心的感谢！

中国书籍出版社，本书的责任编辑，《黄河诗阵》诗社，为此书出版付出了辛劳和厚爱。同时，也感谢夫人王海燕做好“后勤部长”，对我写作的支持和理解。感谢好友陈世狮、儿子一帆为初稿的排版、打印。出版这本拙作集，本人仅用三个月的时间，打字、修改、校对，汇集我从 20 世纪 70 年代末到 2023 年 9 月以来的心爱之物，以免遗失，作为纪念。由于本人水平有限，时间仓促，早年一些拙作尚欠推敲，书中难免误谬之处，敬请同道和读者批评指正，不吝赐教。

韦诗赋

2023 年 9 月 30 日于三亚